Karina Albrecht
Der Rosinenbaum

VERLAG 3S

Lewin

1

Manchmal ist das Leben so klein, dass es in eine Walnuss passt. Und auf dem Fußboden, ganz unten, da wo sich Tischbeine mit Stuhlbeinen um heruntergefallene Brotkrümel zanken, lauert der Nussknacker.

„Wahrscheinlich hast du bei deiner Geburt einen zu starken Schlag auf den Kopf gekriegt“, sagt Rose Lewin zu ihrer Tochter. Dabei tut sie so, als hätte Karo selbst die Schuld daran. Das macht diese wütend. Nicht, weil sie beleidigt ist, sondern weil ihre Mutter die Urheberin dieses „Schlagaufdenkopfgekriegthabens“ ist. Welche normale mitteleuropäische Frau bringt ihr Kind im freien Fall zur Welt und stürzt zeitgleich mit ihm auf die harten nackten Steinfliesen eines Küchenfußbodens? Jedenfalls brauchte Karo für den ersten Schrei keinen Klaps auf den Hintern, die Kopfnuss war ausreichend. Und nicht unverdient, sie war nämlich viel zu früh gekommen, sozusagen im Sturzflug, ganz ohne Vorankündigung. Viel zu früh heißt: drei Tage und sechs Stunden – genau die Zeit, in welcher der ahnungslosen Verwandtschaft ihre nahende Ankunft schonend mitgeteilt werden sollte.

In einem Alter, in dem andere Kinder anfangen „Mama“ zu sagen, sagte Karo zu ihrer Mutter „Mums“. Und dieses „Mums“ war ihr durch nichts auszutreiben. Warum auch, „Mums“ reimt sich prima auf „bums“, und Baby hatte nun mal bums gemacht. Später gefiel ihr dieser Ausdruck, weil er eine sehr passende Umschreibung für ihre Beziehung war. Mums macht einen dikken Hals, und den bekommt Rose sehr schnell, wenn Karo nicht ihrer Meinung ist. Und das ist ziemlich oft der Fall. Diese ewigen Streitereien und Meinungsverschiedenheiten begannen vor vierundvierzig Jahren, schon mit dem Tag von Karos Geburt.

Es ist eine frostige Nacht im November 1959. Die Bäuerin hat im Kachelofen noch mal ordentlich nachgelegt. Rose, die noch nicht Mums ist, liegt auf der Couch und kann nicht einschlafen. Ihr ist kotzelendig. An der Wand, direkt über ihr, tickt der alte Regulator und macht alle halben und vollen Stunden ihre Hoffnung irgendwann einschlafen zu können, wieder zunichte. Der Ofen bollert, dass sich die Kacheln biegen. Rose schwitzt. Die Tür zum Schlafzimmer der künftigen Schwiegereltern steht halb offen. Natürlich schnarcht der Bauer, was soll er sonst tun. Unnatürlich ist nur die Lautstärke.

Flaches Atmen führt zu Hyperventilieren. Rose will lieber hyperventilieren, als den Schlenkerbewegungen eines Schiffes bei Orkanstärke zu trotzen. Sobald sie versucht normal zu atmen, versetzen die ausgeleierten Sprungfedern der Couch die Polster in heftiges Schlingern. Ebenso den Inhalt ihres Magens. Als die Kirchglocke an der Wand über ihr zwölfmal bimmelt, entschließt sie sich aufzustehen und nach Wasser zu suchen.

Im Flur staunt sie sofort wieder über die streifenfreie Sauberkeit. Der Bohnerwachsduft verursacht Brechreiz.

Rose hatte nicht geahnt, welche Putzorgien angekündigter Besuch in diesem Hause auslöste. Es gab zwei Parteien. Zur ersten gehörten ihr Freund Hannes, sein Vater Karl und seine Großmutter Karoline.

Karoline war damals schon dreiundneunzig Jahre alt und liebte nichts mehr als ihren Kater Gottfried und jegliche Art von Büchern, in denen sie tagsüber – ohne Brille! – schmökerte. Sie durchlebte ihre Geschichten derart intensiv, dass sie tagelang Muskelkater hatte, wenn beispielsweise einer der Romanhelden auf der Wanderschaft war oder auch nur Holz hackte. Als Karoline „Die Kameliendame“ verschlang, plagten sie heftige Hustenanfälle, in deren Folge sie Blut spuckte. Die Familie sorgte sich und beschloss den Doktor zu bestellen, doch unmittelbar nach Beenden der Lektüre war Karoline wieder vollkommen gesund.

Karoline und die beiden Männer gehörten zur Fraktion der Schmutzfinken, jedenfalls war das die Meinung der gegnerischen Partei, die Hannes’ Mutter Else und seine Schwester Betty bildeten. Diese beiden an sich herzensguten Frauen wurden beim Klang des Wortes „Besuch“ zu wahren Bestien. Kein Teppich, der nicht von seinem Platz gerissen und verklopft wurde. Nicht das winzigste Spinnennetz blieb unentdeckt, sondern wurde erbarmungslos zerstört. Dicke Staubschwaden lagen in der Luft und verursachten Keuchhusten.

Die Herrichtung des Flurs war der krönende Abschluss der Prozedur. Die rotbraunen Steinfliesen wurden kräftig mit Bohnerwachs eingerieben und nach dem Trocknen gebohnert. Die hohe Kunst des Bohnerns beherrschte niemand so perfekt wie Betty. Es war ein Genuss ihr bei dieser Arbeit zuzusehen. Die Gleichmäßigkeit ihrer Bewegungen und die Akkuratesse ihrer Streckenführung waren einzigartig. Sie geriet dabei jedes Mal in eine Art Trancezustand, aus dem sie nicht einmal erwachte, wenn das schwere Bohnergerät gegen die Zimmertür der alten Karoline donnerte, die bei diesen Geräuschen wie leblos in ihrem Sessel zusammensank und betete.

Die Schmutzfinken fürchteten diese Schlachten so sehr, dass sie sich an jenen Tagen nur zu den Mahlzeiten bei den Putzteufeln blicken ließen. Die Ankündigung von Besuch bereitete ihnen Bauchschmerzen. Hannes hatte mit dem Entschluss seine Braut vorzustellen sehr lange gewartet.

Rose war freundlich in die Familie aufgenommen worden. Selbst Betty erwies ihr gnädig ihre Gunst, obwohl sie sich für Hannes etwas Besseres vorgestellt hatte. Ihr schwebte eher eine Verbindung mit einem Fräulein aus der Klasse der Intelligenz vor. Mehrere Verkupplungsversuche auf diesem Gebiet waren fehlgeschlagen, Hannes konnte mit solchen Fräuleins nichts anfangen.

Betty hatte diesen leichten Hang zur besseren Gesellschaft. Sie war ein wunderbarer Mensch und konnte schuften wie drei Kerle zusammen. Wenn sie zehn Minuten Pause gemacht hatte, kam meistens ihr berühmter Spruch: „Ick kann nich, ick mach nich, ick muss.“ Und schon ging's weiter. Aber diese Ehrfurcht vor sauberen Händen und trockenem Bücherwissen! Dabei hätte sie mit ihrer Lebensklugheit und ihrem Wissen über Vorgänge in der Natur jeden Sesselfurzer in die Tasche stecken können. Wenn Betty die Brust juckte und sie sagte, „Mi juckt de Bost, ick gloef, wi kriegn Frost“, konnte man sich getrost warm anziehen.

Legendär waren auch ihr Ordnungssinn und ihr Reinlichkeitsfimmel. Wehe dem, der beim Durchqueren des Flurs nicht die eigens dafür ausgelegten Kokosläufer benutzte und Tapsen auf den blitzenden Steinfliesen hinterließ! Sie erkannte jede

Spur. Wie ein Fährtensucher verstand sie die Abdrücke zu lesen und scheute sich nicht davor, auch mal daran zu schnuppern.

Rose steht in dem großen Flur und weiß nicht, welche der vielen Türen in die Küche führt. Sie lauscht. Undeutliches Gemurmel hinter der ersten Tür. Rose erkennt Karolines Stimme und wundert sich, dass sie noch wach ist. Als sie näher herangeht, wird ihr ein bisschen gruselig. Ganz deutlich ist zu hören, was Karoline sagt:

„Es war die Nachtigall und nicht die Lerche.“

Als wären es magische Worte, eine Zauberformel, spricht sie diese mehrmals hintereinander, wobei die Betonung auf „Nachtigall“ liegt. Rose zittert. Ornithologie ist zwar nicht ihre starke Seite, aber dass im November weder Nachtigall noch Lerche herumflattern, weiß sie schon.

Wie kann sie auch ahnen, dass Karoline tagsüber „Romeo und Julia“ studiert und nun ein bisschen fantasiert.

Sie geht zur nächsten Tür, an der gar nichts zu erhören ist. Dahinter befindet sich das Zimmer von Betty, die ihrerseits argwöhnisch in den Flur lauscht, weil sie verdächtige Geräusche gehört hat.

Dann eine Tür, die offen steht und den Blick auf die Bodentreppe freigibt. Rose weiß, dass sich da oben das Zimmer von Hannes befindet. Am liebsten würde sie hinaufsteigen, aber es ist nicht besonders gemütlich dort. Bis auf ein paar schmale Gänge ist der Dachboden komplett mit Weizen vollgestopft. Auch in Hannes’ Zimmer häuft sich das Getreide. Sein Bett steht quasi im Kornfeld, und alles, was in einem Kornfeld so kriecht, krabbelt und huscht, befindet sich auch dort.

Endlich findet Rose die Küchentür. Tropfende Wasserhähne können manchmal hilfreich sein. Natürlich ist auch in der Küche alles sehr ordentlich und aufgeräumt. Nichts steht herum, jedes Teil befindet sich ganz akkurat am dafür bestimmten Platz.

Rose ist unfähig irgendetwas anzufassen oder gar eine Schranktür zu öffnen, um ein geeignetes Trinkgefäß zu suchen. Ihr wird schwummerig. Warum, weiß sie nicht genau und schiebt es auf ihre ausgetrocknete Kehle.

In den angeblich ausgeschlagenen Zähnen erkennt sie sofort das Gebiss ihres Mannes. Sie nimmt es auf und stellt fest, dass es unbeschädigt ist.

„Natürlich wieder nicht geputzt“, sagt sie, holt eine neue Tasse aus dem Schrank, füllt Wasser hinein und legt den kostbaren Zahnersatz in seine Schlafstatt. Dann verteilt sie ihre Anweisungen. Betty soll Feuer im Herd machen, Wasser aufsetzen, Handtücher und ein altes Laken heranschaffen und das Baby versorgen. Karoline bekommt den Auftrag Gebete zu sprechen. Else selbst kümmert sich um Rose, der sie einen mit Essig getränkten Lappen unter die Nase hält, wovon diese augenblicklich zu sich kommt.

Else wundert sich keineswegs über die Existenz des Babys. Dass mit ihrer zukünftigen Schwiegertochter etwas nicht stimmte, hatte sie schon bei deren Ankunft bemerkt. Sie wundert sich nur über soviel Dusseligkeit.

Als Karl die Szene betritt, sind bereits alle Patienten versorgt.

„Wat is denn hier passiert?“

„Wat hier passiert is? Ja, dat denk di mal! Du hest di dein Gebiss wedder nich putzt. Und so is dat äben passiert.“

Else hat sich in ihrer Angst um die Gesundheit von Mutter und Kind eine einfache Theorie zurechtgebastelt: Der Anblick der keimigen Zahnprothese hatte bei Rose eine Frühgeburt ausgelöst. Karl hätte die Prothese, so wie es sich gehörte, am Abend putzen müssen, dann wäre Rose nicht in diesen Zustand geraten.

Äußerlich ist Else nicht anzumerken, wie es in ihrem Innern kocht. Sicher und scheinbar unbeeindruckt manövriert sie ihre Mannschaft durch das Chaos. Ihr Mann kam als Sündenbock gerade recht. Sie brauchte eine Abkühlung.

Karl, der nun gar nichts mehr versteht, weil er zwischen der Geburt eines Kindes und seiner Zahnprothese keinen Zusammenhang erkennen kann, würde am liebsten wieder ins Bett gehen. Und eigentlich hat auch niemand etwas dagegen. Wenn’s ernst wird, sind Männer sowieso zu nichts zu gebrauchen. Aber vorher soll er Hannes wecken, der immer noch in seiner Kammer auf dem Dachboden schnarcht. Für ihn gibt es etwas zu erledigen.

Hannes, ein großer Schläfer vor dem Herrn, quält sich, nachdem er endlich begriffen hat, was passiert ist, in seinen Trainingsanzug und wankt in die Küche. Else ordnet an, dass er sofort die Seele zu vergraben hat. Hannes wagt zu widersprechen, mitten in der Nacht den gefrorenen Boden aufklauben, das hätte doch wohl Zeit bis morgen. Aber Else lässt nicht mit sich verhandeln, eine Nachgeburt muss innerhalb von zwei Stunden begraben werden, wenn man nicht großes Unglück über die Familie bringen will.

Die Seele, sorgfältig in weißes Leinen gewickelt, wartet in einem alten Eimer auf ihre letzte irdische Reise. Hannes schnappt sich den Behälter, so als würde er zum Schweinefüttern gehen und schwenkt ihn wütend durch die Luft. Kerle können schrecklich gefühllos sein.

Karoline traut dem Bengel nicht und geht ihm, nachdem sie sich vermummt hat, nach. Draußen ist es so kalt, dass der Atem in dicken Schwaden an ihr vorbeifliegt und im nächstbesten Baum oder Strauch als Eisgirlande hängen bleibt. Der Mond bedeckt alles mit einem weißen Licht, sogar den Misthaufen.

Und – nee! Doch, doch auf dem Misthaufen steht tatsächlich der verflixte Bengel und wuracht mit der Mistforke umher.

Der wird ja wohl um die Zeit nich den Schweinestall ausmisten woll'n, denkt sie und schleudert ihm ihren Krückstock ins Kreuz, gerade rechtzeitig, bevor die Seele im Misthaufen verschwindet. Alte Weiber haben ihren Krückstock nicht nur zum Gehen! Die Spitze bohrt sich zwischen Hannes' Schulterblätter und hätte ihn, mit ein bisschen mehr Schwung, beinahe erlegt. So aber fällt der Übeltäter nur in seine selbst geschaufelte Grube.

Jetzt wird's richtig hart. Hannes muss mit der Pickhacke ein Loch in den tiefgefrorenen Boden rammen.

„Beeil dich, beeil dich“, ruft Karoline.

Hannes schwitzt. Zum Glück ist das Ding im Eimer nicht übermäßig groß.

„So, und nu gehst noch in'n Garten und schneidest 'n Zweig von'n Kirschenbaum aff, aber nich so'n dünn'n.“

Karoline nimmt das Bündel aus dem Eimer und legt es vorsichtig in die Grube, dann spricht sie ein Gebet. Aus ihrer

Schürzentasche holt sie eine Hand voll Rosinen, hält sie über die Grube und öffnet die Hand. Die Rosinen prasseln auf das Bündel. Einige bleiben liegen, andere kullern herunter. Die liegengebliebenen heben sich gut sichtbar von dem grellen Weiß des Leinens ab und bilden eine geometrische Figur, in der Karoline zu lesen versucht. Sie ist nicht zufrieden und schiebt mit der Spitze ihres Krückstocks mehrere Rosinen an einen anderen Platz.

Später berichtet sie Else das Ergebnis und nennt es „so lala“. Dass sie ein bisschen nachgeholfen hat, behält sie für sich.

Die Landkarte von Karos Zukunft, die „so lala“ ist, wird mit einer Schicht Erde abgedeckt. Dahinein spießt Karoline den Zweig.

An jener Stelle wächst jetzt ein ungewöhnlich großer Kirschbaum, um dessen Stamm sich mehrere Weinranken winden und in luftige Höhen emporklettern. Von dort aus halten sie in südlicher Richtung nach Karoline Ausschau. Wenn im Spätsommer an den Weinranken die dollsten Rosinen wachsen, weiß man, dass Karoline da gewesen ist.

2

Mit dem Ruf ist es so eine Sache, entweder man hat einen oder man hat ihn nicht. Keinen zu haben ist ein Zeichen von Bedeutungslosigkeit und irgendwie deprimierend. Besser einen schlechten Ruf als gar keinen, und besser einen Ruf verlieren, als nichts mehr zu verlieren haben.

Karl Lewin hatte sofort nach seiner Geburt einen Ruf verpasst gekriegt, den der Schlitzohrigkeit. Seine Ohren jedenfalls hatten die ideale Größe. Aber auch ohne dieses männliche Familienstigma wäre ihm dieser Ruf sicher gewesen, da alle Männer der Familie Lewin verdammte Schlitzohren waren und diese Gene an ihre Söhne weitergaben.

Die Spuren dieses Phänomens ließen sich bis ins zwölfte Jahrhundert zurückverfolgen und führten zu einem gewissen Blasius, welcher sozusagen der Stammvater aller schlitz- und großohrigen Lewins war. Der Urahn aus grauer Vorzeit hatte als Sohn eines Unfreien im Thüringischen gelebt und sich in einer sternklaren Frühlingsnacht heimlich aus dem Staub gemacht.

Dieses Ereignis ist ein sehr anschauliches Beispiel von Evolution und wie sie funktioniert. Generation um Generation hatte sich unter irgendeinem Herren geduckt und Dreck gefressen. Die Jungen waren in die Fußstapfen der Alten getreten und zeugten das nächste Glied einer endlos langen Kette von unfreien Dreckfressern, die widerspruchslos folgten. Sie alle hatten kleine, eng am Kopf anliegende Ohren und waren taub für die Geräusche hinter den Bergen.

Blasius war mit großen Segelohren auf die Welt gekommen. Wie Radarschirme fingen sie die entferntesten Geräusche ein und weckten die Neugier auf das, was jenseits der Berge lag. Da Blasius wegen seines auffallend anderen Aussehens ohnehin als Außenseiter galt, fiel ihm die Entscheidung zur Flucht nicht schwer.

Nach monatelanger Wanderschaft, die Thüringer Berge lagen längst hinter ihm, hatte er eines Abends sein Nachtlager in einem dichten Gestrüpp am Wegesrand aufgeschlagen. Gerade eingenickt, wurde er von einem höllischen Rumsen und Scheppern aus dem Schlaf gerissen. Es war dunkel und kaum etwas zu erkennen. Blasius nahm einen faustgroßen Stein, den er als Waffe bei sich trug, und schleuderte ihn in die Richtung, aus welcher er den Krach vernommen hatte. Der Stein traf das Unbekannte und erzeugte ein blechernes Geräusch. Sofort danach setzte ein unheimliches Stampfen und Schnaufen ein. Blasius wurde himmelangst . Er war sicher, dass der Gehörnte ihn verfolgte und rührte sich nicht in seinem Versteck. Aus Furcht vor dem schrecklichen Anblick hatte er die Augen zugekniffen.

So musste er wohl eingenickt sein, denn als er die Augen öffnete, dämmerte es bereits. Auf dem Weg, direkt ihm gegenüber, waren die Umrisse eines riesigen Pferdes zu erkennen. Blasius wusste, dass der Satan nicht auf einem Pferd, sondern auf einem Ziegenbock ritt und traute sich aus seinem Versteck.

Das Pferd war unverkennbar das Schlachtross eines Ritters, aber statt drauf zu sitzen lag dieser daneben im Dreck. Blasius öffnete das Visier des Helms und erkannte, dass der Mann tot war. Einer, der von den Kreuzzügen aus dem Morgenland kam. Wahrscheinlich hatten ihn die jahrelangen Strapazen vom Pferd geworfen. Sehr bitter, so kurz vor dem Ziel, aber er war auch nicht mehr der Jüngste.

Blasius, der nur noch Fetzen auf dem Leib trug, dachte, es wäre schade, die schöne Rüstung so vor sich hinrosten zu lassen. Wenn sie auch nicht gerade seiner Vorstellung von bequemer Kleidung entsprach, bot sie doch einen leidlichen Schutz vor der Kälte und anderen unangenehmen Vorkommnissen. Der Herbst hatte begonnen, und die Blechdose war besser als seine Windhose. Außerdem stand da dieses herrliche Ross, und das würde schon für sein Fortkommen sorgen.

Hier hatte sich schon eine gewisse Pfiffigkeit in dem jungen Burschen entwickelt. Dermaßen ausgehungert, hätte jeder normale Dreckfresser den Gaul abgestochen und verputzt. Aber Blasius war schlauer, setzte sich drauf und gedachte so bequem durch die Welt zu schaukeln. Das klappte auch ganz prima, aber nur, wenn er das Pferd führen ließ. Sobald Blasius die Zügel übernahm, spielte das Tier verrückt. Da seine Reise kein bestimmtes Ziel hatte, ließ er es laufen.

Nach einigen Stunden tauchte am Horizont die Spitze eines Burgturmes auf. Je näher sie ihm kamen, desto mehr beschleunigte das Ross sein Tempo. Als aus der Ferne die ersten Geräusche zu hören waren, fiel das Tier in gestreckten Galopp. Blasius, dieser Urgewalt vollkommen ausgeliefert, schwankte auf seinem Sitz hilflos hin und her. Vor dem Burgtor kam das Ross zum Stehen. Die Zugbrücke war hochgezogen. Blasius erkannte, in welch verzwickter Lage er sich befand und wollte fliehen. Doch die Kunst, sich in einer Rüstung fortzubewegen erwarb man erst nach jahrelanger Übung. Schon das Absteigen vom Pferd erwies sich als höchstschwierig und war auch unter größten Anstrengungen nicht hinzubekommen. Verzweifelt griff Blasius zum letzten Mittel und ließ sich fallen. Er hörte nur noch ein Scheppern, so wie in der Nacht zuvor, und verlor das Bewusstsein.

Als er wieder zu sich kam, befand sich Blasius im Inneren der Burg. Man hatte ihn aus der Rüstung gepellt und in ein Bett gelegt. Vor ihm stand ein wunderschönes weibliches Wesen, in herrliche Gewänder gekleidet. Um die Schultern trug es einen leichten Umhang, der sich – in der Burg war es sehr zugig – im

Winde leicht bewegte. Auch die weiten Arme des Kleides knatterten leise in der Zugluft, so dass es Blasius vorkam, als stände ein geflügelter Engel vor ihm, und er glaubte im Himmel zu sein. Der geflügelte Engel erwies sich als Frau des Hauses.

Als Blasius vor der Burg entdeckt worden war, hatte man keinen Zweifel daran gehegt, dass er der aus den Kreuzzügen heimgekehrte Ritter Roland wäre. Sowohl Ross als auch Rüstung trugen die Farben des Herrn. Über den verwahrlosten Inhalt der Rüstung ließ sich streiten. Viel war nicht zu erkennen, da das Gesicht vollkommen mit einem gestrüppartigen Bart zugewuchert war. Das Burgpersonal hatte in den vielen Jahren der Abwesenheit des Herrn Roland so häufig gewechselt, dass kaum noch jemand darunter war, der den Ritter kannte.

Das galt natürlich nicht für seine Frau, die sofort, nachdem Blasius gewaschen und rasiert worden war, erkannte, dass dies nicht ihr Mann war. Aber Winnifried, die von der ewigen Warterei auf ihren Ehegatten die Nase voll hatte, glaubte Blasius die seltsame Geschichte seiner Besitzerlangung von Ross und Rüstung und behielt ihn als ihren Mann bei sich.

Für Blasius begann die schönste Zeit seines Lebens. Winnifried hatte viel nachzuholen, er half ihr gern dabei und stellte erstaunt fest, dass Edelfrauen bei der Verrichtung genauso quiekten wie die Bauerndirnen in seiner Heimat. Blasius lernte viel.

Neun Monate nach seinem Einzug in die Burg wurde er Vater. Ein Jahr später musste er die Burg verlassen. Der Bruder des verstorbenen Ritter Roland war aus dem Heiligen Land zurückgekehrt und hatte seinen Besuch ankündigen lassen. Winnifried stattete Blasius mit Pferd, Wagen und allerlei Vorräten aus, drückte ihm den geliebten Sohn in den Arm und schickte ihn fort.

Auf der Suche nach einer neuen Heimat traf Blasius auf einen Treck, der ins Slawenland unterwegs war und ließ sich anwerben.

Noch auf dem Wege dorthin fand er eine Frau, die sich um ihn und das Kind kümmerte. Im Pommerschen bekam Blasius Land zugewiesen. Er wurde Bauer.

Blasius führte ein gutes Leben, sprach aber oft von seiner „Lewen Winnifried“. Und da er nur ein Blasius unter vielen war, wurde er bald der Blasius von de Lewen Winnifried, woraus dann der Familienname Lewin entstand.

Karl Lewin war das, was man sich gemeinhin unter einem schlauen Bauern vorstellt. Er war mittelgroß, dünn und sehnig. Sein grauer Arbeitsanzug schien hauptsächlich mit Luft gefüllt zu sein, und in den Schäften der riesigen Gummistiefel hätte durchaus noch ein paar solcher Storchenbeine Platz gefunden. In puncto Kleidung gab es für ihn keine Jahreszeiten.
„Wat gaut is för de Küll, is uk gaut för de Hitt", pflegte er zu sagen und legte die geliebten angerauten Beinkleider auch bei fünfunddreißig Grad Außentemperatur nicht ab. Sein langer, schmaler Kopf, links und rechts begrenzt von den typischen Lewinohren, war bedeckt mit kastanienbraunem, fast schwarzem Haar, das glänzte, als wäre jede Menge Pomade oder Schweineschmalz darin verarbeitet worden. Doch nichts lag Karl ferner als solch affiger Schnickschnack. Zwischen den grauen Augen und dem schmallippigen Mund wuchs eine fantastische Hakennase, die seinem Gesicht ein adeliges Aussehen verlieh. Die Frauen der Familie fürchteten dieses Erbteil und hatten es mit einem Bannspruch belegt, der die Neugeborenen davor schützen sollte: „Ein großer Giebel ziert das Haus, ein kleiner sieht nach gar nichts aus."

Karl war damals sechzig Jahre alt und hatte noch kein einziges graues Haar auf dem Kopf. Er ließ sich einfach keines wachsen. Solange er nur jeden Morgen vor dem Frühstück seinen doppelten Körnerschnaps bekam, war die Welt in Ordnung.

Neun Monate nach der Geburt seiner Enkeltochter stand die nächste Geburt ins Haus. Lise, die beste Milchkuh im Stall sollte kalben. Jeden Abend, bevor Karl zu Bett ging, machte er noch einen Kontrollgang und sah nach dem Tier.

Am Sonntag, kurz vor Mitternacht, ist im Haus alles fest in Morpheus Hand. Der Sandmann hat ganze Arbeit geleistet, nur den Hühnerstall scheint er vergessen zu haben. Genau in dem Moment, in welchem der Regulator im Wohnzimmer geräuschvoll einatmet und Kraft schöpft, um zwölfmal die Hämmerchen zu schwingen, pumpt auch der Hahn im Hühnerstall seine Lungen voll. Beide, Uhr und Hahn, legen gleichzeitig los. Der Hahn hält länger durch und holt Else aus dem Schlaf.

Else, die dieses mitternächtliche Krähen sehr ernst nimmt, weckt Karl, der sich sofort fertig macht, um nach Lise zu sehen. Denn dass etwas passieren wird, ist sicher. Man kann dem alten Schreihals da draußen vertrauen.

Der Hahn hatte das für ein Federvieh gesegnete Alter von vier Jahren erreicht. Obwohl er die für Hähne eher ungewöhnliche Fähigkeit des Eierlegens besaß, galt er als Methusalem auf dem Hühnerhof. Im Bäuerinnen-Handbuch wurde ausdrücklich gefordert, dass kein Huhn (und schon gar kein Hahn) älter als zwei Jahre werden durfte, da das starke Nachlassen der Legeleistung ab dem dritten Jahr die Haltung sehr unwirtschaftlich mache.

Bei diesem männlichen Exemplar der Gattung Huhn aber war es anders. Je älter das Tier wurde, desto mehr Eier legte es, und diese unterschieden sich schon in ihrem Äußeren von den normalen Produkten. Die Eier waren rund wie Tischtennisbälle und kamen auch in ihrer Größe diesen sehr nahe. Betty verwendete sie gern zum Herstellen von Eischnee, weil sich in ihrem Inneren nur Eiweiß befand.

Das Aussehen des Hahns ließ seine Außergewöhnlichkeit erahnen. Seine Statur glich der eines Teekessels mit viel zu kurzen Beinen, was ihn, wenn er den Hühnern hinterherjagte, um seine Pflicht zu tun, manches Mal aus der Puste brachte – auch, weil sich die Zahl der zu beglückenden Damen immer auf um die siebzig Stück belief.

„Beglücken" scheint in diesem Zusammenhang wohl auch nicht der passende Ausdruck zu sein. Jemand, der beglückt werden soll, rennt nicht stets und ständig vor dem Beglücker davon. Oder ist dies nur eine Taktik der Hühner, ein kokettes Hasch-mich-wenn-du-mich-willst-Spiel? Die Befruchtung erweckte jedenfalls den Eindruck, als wolle der Hahn seine Dame ermorden. Und darin unterschied sich der kleine Teekessel in nichts von seinen Artgenossen.

Den Mangel der kurzen Beine machte sein Schwanz, der lang und mit außerordentlichem Schwung von seinem Stütz wuchs und den prächtigen Federbüschen auf den Hüten der Musketiere glich, schnell vergessen. Er schillerte in den Farben eines reifen Weizenfeldes, das von einem Gürtel Klatschmohn umrahmt wird, welcher die dunklen Staubblätter in der Sonne badet – Schwarz, Rot, Gold.

Der außergewöhnliche Umstand, dass der Hahn die Farben der Republik auf seinem Hinterteil schwenkte, hatte Karl schon in beträchtliche Schwierigkeiten gebracht. Denn Napoleon, wie sie das Tier nannten, da es im Profil eine frappierende Ähnlichkeit mit Bonaparte aufwies, war gegen alles, was mehr Krach machte als er selber höchst allergisch und ging in blinder Wut dagegen vor.

Karl erinnerte sich noch sehr gut an den 1.Mai des vergangenen Jahres. Die Schallmaien-Kapelle der Kreisstadt war an diesem Kampf- und Feiertag der werktätigen Arbeiter und Bauern schmetternd durch das Dorf marschiert und hatte den Hahn von seinem Hühnerhof gelockt. Napoleon war auf den Gartenzaun geflogen und hatte flügelschlagend, mit geblähter Brust und weit vorgestrecktem Hals dem Gegner seinen Schlachtruf entgegengeschleudert. Als er gemerkt hatte, dass seine Attacke Wirkung zeigte und der Feind immer schneller wurde, hatte er ihm nachgesetzt und ihn die Dorfstraße hinuntergejagt, bis Betty, die ihrerseits Napoleon nachgehetzt war, diesen eingefangen und zur Strafe seine Flügelspitzen gestutzt hatte.

Karl war am darauf folgenden Tag ins Büro des Bürgermeisters zitiert worden und hatte vor ihm und einem Gremium aus der Kreisstadt Stellung dazu nehmen müssen. Es war um die Frage gegangen, wie er es hatte zulassen können, dass sein Hahn am Kampf- und Feiertag der werktätigen Arbeiter und Bauern sozusagen die Fahne des Klassenfeindes durch das Dorf getragen hatte, da die Farben Schwarz, Rot, Gold schließlich nur mit dem Emblem von Hammer, Sichel und Ährenkranz als Fahne der Deutschen Demokratischen Republik gelten konnten.

Karls Antwort war ebenso überraschend wie plausibel gewesen: dass der Hahn selber als Symbol des Ährenkranzes stehe, da er nun mal auf einen Bauernhof gehöre, hätte er für selbstverständlich und jedermann einleuchtend gehalten, so hatte er gemeint. Und dass ein dummer Hahn nicht den Zirkel der Intelligenz verkörpern könne, da dies eine Beleidigung für diese wäre, sei doch wohl auch klar. Und für das dritte Symbol stehe schließlich die Sache selber, denn für einen Hahn sei es ja wohl etwas ganz Dolles, so etwas auf die Beine stellen zu können, eben ein Hammer.

Das Verfahren war stillschweigend eingestellt worden. Die Aufzeichnungen zum Gespräch waren im Papierkorb gelandet.

Der Hauptgrund für Napoleons Verschonung vor dem Kochtopf aber war seine Gabe des Hellsehens. Sein mitternächtliches Krähen kündigte immer ein ganz besonderes Ereignis an. Und diese Fähigkeit ging weit über die der Hunde, die mit ihrem nächtlichen Geheul den Tod ankündigen, hinaus.

Karoline war von den spirituellen Fähigkeiten des Tieres dermaßen beeindruckt, dass sie versucht hatte aus seinen Eiern die Zukunft zu lesen, indem sie diese an einem Kochtopf mit kochendem Wasser aufschlug und das Eiweiß aus möglichst großer Höhe hineinfallen ließ. In die entstandenen weißen Flocken und Klumpen spekulierte sie die phänomenalsten Geschichten, die leider nie eintrafen. Schließlich bereitete Betty diesem Spuk ein Ende, weil ihr die sinnlose Vernichtung der guten Eier gegen den Strich ging. Hellsehen musste Napoleon schon selber, man konnte dies schließlich nicht auch noch von seinen Eiern verlangen.

Und Napoleon lässt sich nicht lumpen. Gerade setzt er wieder zu einem neuen Solo an. Karl hat mittlerweile den Kuhstall erreicht. Fünf Plätze sind leer, die Tiere grasen um diese Jahreszeit auf der Weide. Nur Lise ist da. Sie steht mit zitternden Flanken, schwankend wie ein Betrunkener, und starrt mit ihren traurigen Augen an die Wand. Sie hat über Nacht den schönen Seidenglanz ihres Fells verloren. Aus ihrem Euter tropft im Sekundentakt Milch.

Normalerweise holt Karl seine Kälber selbst, aber hier gibt es Komplikationen, das sieht er sofort. Der Tierarzt muss her!

Das einzige zugängliche Telefon im Ort hat die Postfrau. Betty bekommt den Auftrag die Alte aus dem Schlaf zu klopfen. Eine schwierige Aufgabe, da diese unter starker Schwerhörigkeit leidet. Als Betty es geschafft hat das halbe Dorf aufzuwecken, kommt die Postfrau endlich an die Tür geschlurft.

„Ick muss telefonieren“, schreit Betty, „aber ganz schnell!“ Die Postfrau ist wütend und blökt, schon wieder unterwegs zu ihrem Bett:

„Deswejen hättste mir nich wecken zu brauchen. Dat Telofon is kaputt!“

Betty rast zurück nach Hause.

„Papi, spann Iwan an, dat Telefon geiht nich!“

Iwan, der schwarze Russenwallach, hat auch schon seine achtzehn Jahre auf dem Buckel und liebt es nicht besonders, in seiner Nachtruhe gestört zu werden. Karl muss erst mal ordentlich mit der Peitsche knallen, um den Gaul in Fahrt zu bringen. Zum Tierarzt in die nächste Stadt sind es gut zehn Kilometer, und er hat es eilig.

Inzwischen kümmern sich Else und Betty um Lise. Sie kühlen das heiße, geschwollene Euter, erneuern das feuchte Stroh und tätscheln ihr mitfühlend den Rücken.

Draußen wird es langsam hell. Die Julisonne hängt sich wie ein roter Riesenapfel in die alte Linde vorm Haus und macht ihre Morgengymnastik, Rolle vorwärts. Im Hühnerstall setzt mit ganz allmählicher Steigerung das morgendliche Spektakeln ein. Napoleon legt sein Morgenei. Im Schweinestall rappelt sich die Sau aus dem Stroh und legt sich zurecht, um ihre Ferkel zu säugen.

Karoline, durch die unheimliche Stille im Haus aus ihrem Schlafrhythmus gebracht, steht mit wirrem Haar in Bademantel und Holzpantinen in der Stalltür. Lise erwacht aus ihrer Apathie und gibt ein leises, dampfendes „mu-huu“ von sich. Karoline nähert sich ihr ganz langsam, krault sie hinter den Ohren und streichelt sehr behutsam ihren Hals, dabei murmelt sie halblaut vor sich hin. Das Ganze dauert nicht mehr als fünfzehn Minuten. Lise wird ruhiger und hört auf zu schwanken.

Endlich ist von der Straße her das Geboller zu hören, welches Wagenräder auf dem unebenen Kopfsteinpflaster erzeugen. Karl ist zurück! Noch einmal knallt die Peitsche, dann hält der Wagen auch schon auf dem Hof. Neben Karl auf dem Bock sitzt ein etwa fünfzigjähriger Kerl, der mürrisch vor sich hinglotzt.

Inzwischen ist es fünf Uhr geworden. Else und Betty fahren zur Weide, um die Kühe zu melken.

Tierarzt Appeldorn untersucht Lise, die bei seinem Anblick wieder zu schwanken begonnen hat und jeden Moment umzufallen droht. Immer wieder schiebt er seinen Arm in die Scheide des Tieres, um die Lage des Kalbes festzustellen. Es ist alles normal, der Kopf liegt auf den Vorderbeinen und befindet sich direkt vor dem Ausgang, bereit für die Geburt. Aber irgendetwas klemmt.

„Kaiserschnitt", sagt Appeldorn und wundert sich über seine Verwegenheit, die schon fast an Größenwahn grenzt. „Aber vorher noch 'ne Stärkung."

Selbige steht in der Speisekammer und besteht aus dem Inhalt einer Flasche Stonsdorfer, der immer für den Tierarzt bereitgehalten wird.

Karl geht ins Haus. Er tut das sehr gern, denn natürlich würde der Doktor nicht allein trinken. Karl musste immer kräftig mitziehen und hatte so eine prima Ausrede bei den Frauen, die seine Fahne selbstverständlich schon von weitem witterten.

Das Haus war ein prächtiges Anwesen mit gut hundert Jahren auf dem First. Gebaut hatte es der einstige Gutsbesitzer des Dorfes für seine Arbeiter und Knechte. Im Vergleich zu den Materialmangelhäusern der Nachkriegszeit wirkte es geradezu gigantisch. Das weit heruntergezogene Dach beschirmte dicke Wände aus roten Ziegelsteinen, die aus der Erde gewachsen zu sein schienen und in einem Keller wurzelten, der das ganze Jahr über Kartoffeln beherbergte, welche dort im Dunkeln ihre weiß-gelben Keimwürmer im Akkord schoben und regelmäßig entkeimt werden mussten. Innen waren die Wände mit einem Gemenge aus Lehm und Stroh verschmiert, das sie, genau wie die Zimmerdecken, ziemlich beulig und holperig machte, im Sommer aber für angenehme Temperaturen sorgte.

Die ganze Dorfstraße entlang reihten sich Häuser, in denen jeweils zwei Familien in separaten Wohnungen lebten. Vorgarten, Hof und Gemüsegarten waren exakt vermessen und durch Zäune voneinander getrennt.

Karls Haus war das Zuhause des ehemaligen Gutsförsters gewesen. Ein krankhaft sparsamer Junggeselle, dessen Haushälterin die

Schuhwichse mit Schweineschmalz verlängern und den Küchenherd mit getrocknetem Kuhmist hatte heizen müssen.

Dieser Förster war im Mai fünfundvierzig, kurz bevor die Russen ins Dorf einmarschiert waren, erschossen worden. Sklave seiner übertriebenen Sparsamkeit, hatte er sich außerstande gesehen eines der guten Bettlaken zu zerschneiden, um eine dringend notwendig gewordene weiße Fahne zu hissen. So hatte es denn eines der riesigen blütenweißen Bettlaken im Ganzen tun müssen. Zum Zeichen der Kapitulation hatte es an einer Wäschestütze auf dem Dach des Hauses gehangen und weithin sichtbar im Frühlingswind geknattert. Leider war es ein bisschen zu weit sichtbar gewesen, hatte ein wenig zu laut geknattert und einen Trupp von versprengten SS-Männern angelockt, die sich auf der Flucht vor den Russen befunden und ihn als Verräter erschossen hatten.

Einige Jahre später hatte man der sozialistischen Dorfschule den Namen des Försters verliehen und ihn als antifaschistischen Widerstandskämpfer geehrt. Eine sibirische Taigatanne, gepflanzt an seinem zehnten Todestag, erinnert noch heute an die Heldentat.

Im Durcheinander der russischen Besatzung hatte Karl, nachdem er sich überzeugt hatte, dass die Herrschaften aus dem Schloss wirklich geflüchtet waren, das Haus in Besitz genommen und in einer Nacht- und Nebelaktion seine Familie samt Hausrat und Möbeln dort einquartiert.

Als die Bodenreform durchgeführt worden war, saß Karl bereits als Herr in seinem Haus und wurde nur unter der Bedingung dies bleiben zu können, Neubauer. Zur Auslosung der Siedlungsstellen war er mit seinem Los in der Tasche gegangen. Nichts würde ihn jemals wieder aus diesem Haus herausbringen.

Karl betritt den Flur, zieht vorsichtig die Gummistiefel mit dem Treckerreifenprofil aus und hängt seine Mütze an den Achtzehnender, der die Flurgarderobe krönt.

In der Küche herrscht, wie immer um diese Jahreszeit, Belagerungszustand. Mehrere Hundertschaften Fliegen erheben sich bei seinem Eintreten und färben den ohnehin schon dämmerigen Raum schwarz. Das schreckliche Brummen versetzt Karl jedes

Mal in Alarmbereitschaft, es weckt Kriegserinnerungen. An der Lampe hängt eine kleine rote Giftkugel, die längst keine Wirkung mehr erzielt. Die Insekten haben über Generationen eine Resistenz entwickelt, die sie vollkommen immun gegen das ausströmende Gift macht. Trotzdem wird die Kugel regelmäßig durch eine neue ersetzt, es gibt nichts anderes.

Von Zeit zu Zeit, wenn die schwarze Plage die Alleinherrschaft zu übernehmen droht, fegt Karl wie ein Besessener mit seiner selbstgebauten Fliegenklatsche durch die Küche und stößt nach jedem Treffer die Faust in die Luft, triumphierend, so wie es der Förster getan hatte, als er seinen Achtzehnender erlegt hatte. Irgendwie steckt der Jagdtrieb in den Wänden des alten Hauses. Allerdings scheint es, dass die Fliegen, die ein solches Gemetzel überlebt haben, ihre Anstrengungen zur Arterhaltung verdoppeln und einen geradezu abstoßenden Begattungstrieb entwickeln, sodass die Küche zeitweilig zum Fliegenpuff verkommt und der alte Bestand schnell wiederhergestellt ist.

Dieser Missstand wird besonders beim Essen als sehr lästig empfunden. Bevor ein Bissen in den Mund geschoben werden kann, muss die Öffnung erst freigewedelt werden, wenn man nicht gleichzeitig etliche der schwarzen Viecher zu sich nehmen will, die jede Gelegenheit irgendwo reinzukrabbeln nutzen.

Der undelikate Zustand hält von Juni bis September an, wobei die typische Scheuchbewegung mit der Hand so gewohnheitsmäßig wird, dass man sie erst wieder um die Weihnachtszeit ablegt.

Der Stonsdorfer steht in der Speisekammer, irgendwo im Regal mit dem Eingeweckten. Das Regal nimmt fast die ganze Längswand der Kammer ein und reicht bis unter die buckelige Decke. Gläser mit Tomaten, Stachelbeeren, Äpfeln, Kirschen, Erdbeeren, Bohnen, Pflaumenmus und Apfelmus türmen sich übereinander geschichtet und leuchten in den Farben des Sommers. Gleich neben der Tür ruht in zwei riesigen Glasballons roter und weißer Johannisbeerwein, der es in sich hat und es mit jedem Traubenwein von Rhein oder Loire aufnehmen kann. Hinter den letzten beiden Gläsern vom Vorjahr, in denen leicht bräunlich gewordene Erdbeeren vor sich hindümpeln, findet Karl die Flasche mit dem Kräuterschnaps.

Appeldorn ist an diesem Morgen etwas flatterig. Er friert. Der Schnaps wirkt wie ein heißer Ofen. Nach dem zweiten Schluck verschwindet die Flatterigkeit, seine Hände werden ruhig und geschmeidig. Nach dem dritten Schluck ist die Welt wieder in Ordnung. Er haut Karl kräftig auf die Schulter und legt seine Gummischürze an. Um Lise zu beruhigen und die Wehen zu stoppen, spritzt Appeldorn ihr etwas in die Wirbelsäule. Dann wird sie örtlich betäubt.

„So, nu rasierst du ihr mal."

„Wat denn, de ganze Kauh?"

„Nee, bloß da, wo ich se aufschneiden will."

Er markiert mit dem Zeigefinger eine Stelle an der linken Seite der Kuh. Karl rasiert in gewohnter Manier. Die nackte Stelle wird mit Alkohol desinfiziert.

„So, nu halt deine Lise mal schön ruhig, jetzt geht's los."

In seiner Hand blitzt ein Skalpell. Es ist so scharf, dass es Lises Haut wie Butter durchtrennt. Auch die Unterhaut ist eine Kleinigkeit, ebenso die Muskulatur. Alles muss sehr vorsichtig geschehen, auf keinen Fall dürfen die irgendwo dahinter liegenden Furunkeln der Gebärmutter beschädigt werden, die sie – ähnlich riesigen Erdbeeren, auch ebenso saftig – überziehen. Genauso gefährlich wäre es den Pansen zu verletzen. Eine heikle Angelegenheit, die Appeldorn mit Bravour meistert.

Endlich öffnet er das Bauchfell und sucht im Inneren der Kuh nach den Gebärmutterhörnern, um festzustellen in welchem von beiden sich das Kalb befindet. Er drückt den Pansen zur Seite, um an das tragende Horn heranzukommen und verlagert es in die Bauchfellöffnung. Jetzt erst durchtrennt er die Uteruswand und lässt das Fruchtwasser nach außen ablaufen. Unter keinen Umständen darf etwas davon in die Bauchhöhle des Tieres gelangen, da dies wahrscheinlich eine Bauchfellentzündung zur Folge hätte.

Die Nabelschnur reißt. Jetzt muss alles sehr schnell gehen, damit das Kalb nicht erstickt. Appeldorn öffnet die Uterushaut so weit, dass das Kalb gut hindurchpasst. Mit einer großen Zange hat er schon eines der Vorderbeine gepackt und zieht es daran heraus. Ein Schwall Fruchtwasser stürzt hinterher. Das Kalb plumpst ins Stroh. Geschafft!

Appeldorn näht alles wieder sorgfältig zusammen. Karl versorgt das Kalb. Er entfernt den Schleim aus Maul und Nasenlöchern, desinfiziert den Nabel mit Jod und rubbelt es mit einem Strohwisch trocken. Das Kalb beginnt zu blöken. Es ist ein seltsames Geräusch und unterscheidet sich von normalem Blöken wie mono von stereo.

„Mensch Karl, blökst du gleich mit?!"

„Nee du, dat war ick nich."

Er dreht das Tier auf die andere Seite, um es auch da trokkenzureiben. Der Strohwisch fällt ihm aus der Hand.

„Appeldorn, kiek ma eiß, da is noch eint!"

Appeldorn, der zuerst glaubt, Karl hätte zu viel Stonsdorfer intus, wird misstrauisch, da genau in diesem Moment das Kalb zweistimmig zu blöken beginnt.

„Ach tu Gott, das is ja 'ne Missgeburt!"

Das Tier ist ein schönes schwarz-weiß geflecktes Bullenkalb mit kastenförmigem Rahmen und kräftigen Vorder- und Hinterbeinen. Was den Vorwurf der Missgestaltung anbelangt, lässt sich streiten. Vielleicht sind ja einköpfige Bullen die Missgeburten. Dieses Kalb jedenfalls hat zwei Köpfe und zwei Hälse, und Karl findet das durchaus legitim.

„Ich weiß nich Karl, wer weiß, ob das Vieh überhaupt ein vernünftiges Alter erreicht."

„Ach lass man, besser zwei Köppe als gar kein'."

Doppelkopp versucht aufzustehen, wobei er immer wieder wegknickt und ins Stroh plumpst. In seiner Hilflosigkeit erinnert er an einen besiegten Drachen. Ritter Karl hilft ihm auf und steuert ihn behutsam auf Lise zu. Lise scheint gar keine Bedenken wegen seiner zwei Köpfe zu haben. Liebevoll leckt sie erst den einen und dann den anderen ab und stupst den Kleinen an ihr Euter. Doppelkopp weiß, was er zu tun hat und beginnt sofort zweimäulig zu saufen.

„Na gut Karl, wenn du das Viech denn unbedingt aufziehn willst. Aber ich muss das melden."

„Und das sollst du nich tun, Appeldorn. Der zweite Kopp bleibt unter uns. Und darauf trinken wir jetzt noch einen. Prost!"

Hundstage

1

Familie Gurke hatte bei der Auslosung der Siedlungsstellen einen Teil jenes Hauses ergattert, dessen andere Hälfte sich Karl Lewin mit seiner tollkühnen Aktion bereits erobert hatte.

Die Gurken, Flüchtlinge aus Ostpreußen, waren mit einem der vielen Trecks, die fünfundvierzig das Dorf überfluteten, hierher geraten. Von Haus aus waren sie Wirtsleute und hatten von der Landwirtschaft so wenig Ahnung wie das Schwein vom Fliegen, aber mit stets knurrenden Mägen und Knochen, die vom monatelangen Umherziehen müde waren, hielten sie es für klug dort zu bleiben, wo Speck und Wurst, Milch und Butter produziert würden.

Dies selbst zu tun, war ein Vorhaben, das an sich von hoher geistiger Bildung zeugte, aber mangels Unkenntnis über die Abläufe der Produktion schwer in die Tat umzusetzen war. Die selbst verordnete Metamorphose vom Schankwirt zum Bauern wollte nicht recht gelingen und drohte in einem Fiasko zu enden. Das Vieh geriet nicht, und die Ernten übertrafen das, was eingebracht worden war, nur um Weniges.

Statt den Rat erfahrener Bauern zu suchen, besann Arthur Gurke sich auf seine Fähigkeiten als Schnapsbrenner und machte einen einträglichen Nebenerwerbszweig daraus. Aus der Heimat hatte er einen Destillierapparat mitgebracht, der nun wieder zum Einsatz kam. Doch was anfänglich nur so nebenher lief, wurde bald zur Hauptbeschäftigung. Gurke spezialisierte sich mit der Zeit so sehr auf diese Tätigkeit, dass er die Abgaben an den Staat kaum noch leisten konnte. Die erste Kartoffelernte, die er als Neubauer einbrachte, fand sich innerhalb kürzester Zeit, in einen kräftigen Kartoffelschnaps verwandelt, in Flaschen wieder. Auch die Zuckerrübenernte brachte Gurke auf diese Weise durch. Er konnte überhaupt aus fast allem einen ordentlichen Schnaps brennen.

Zu einer anderen Zeit und mit einem tüchtigen Manager an der Seite, wäre er sicher ein erfolgreicher Schnapsunternehmer geworden. Leider waren die Jahre dafür noch nicht gekommen und

Gurke nicht der Mann das zu erkennen. Schnapsbrennen war verboten. Mehrmals hatten ihn Neider, die meinten, dass er seine Produkte zu teuer verkaufe, angeschwärzt. Rechtzeitig gewarnt von jenen, die einen guten Tropfen zu schätzen wussten, konnte er seine kleine Fabrik jedes Mal in Sicherheit bringen.

All diese nervenaufreibenden Schwierigkeiten und ein bohrendes Heimweh, welches seine Eingeweide um- und umwühlte, ließen sich nur unter Betäubung ertragen. Eine ansteckende Krankheit, die auch seine Frau, Erna Gurke, befiel. Es waren ihre Töchter, beide im heiratsfähigen Alter, die verhinderten, dass alles im Schnaps ersoff und die die Wirtschaft notdürftig in Gang hielten. Trotz aller Bemühungen waren die Mariellchens aber hoffnungslos überfordert. Die Wirtschaft glich einem leckgeschlagenen Kahn, der mitten auf dem Meer, halb voll Wasser gelaufen, nur deswegen nicht absoff, weil Hilde und Martha mit der Mokkatasse schöpften.

Der Zustand von Haus und Garten war ein Abbild ihrer wirtschaftlichen Situation. An Haustür und Fensterrahmen blätterte die Farbe. Auf dem Dach klafften, wie im Mund eines alten Kerls, schwarze Lücken, wo die Dachziegel abhanden gekommen waren. Es stand zu befürchten, dass der nächste Sturm die Löcher um ein Vielfaches vergrößern würde, gerade so, als wütete der Skorbut im Maul eines Piraten. Der Schornsteinkopf bröckelte, und die Dachrinne war ein verstopftes Sieb, in dem Amseln und Spatzen ihr Würmerparadies fanden. Der einst hübsche Vorgarten war zum Unkrautacker verkommen. Die Tulpenzwiebeln hielten ewigen Winterschlaf, weil der Versuch ihre Sprösslinge ans Licht zu schieben von einem schier undurchdringlichen Butterblumenteppich vereitelt wurde. Uralte Rosenstöcke befanden sich fest im Würgegriff mannshoher Brennnesseln und kleiner grüner Läuse, die ihnen Saft und Kraft aussaugten und ihrerseits von Ameisen gemolken wurden. Allerlei Distelarten nutzten die letzten verbleibenden Lücken und zwangen Tränende Herzen und Leberblümchen zur Kapitulation.

Dieser Zustand war mehrere Jahre von den Mariellchens hingenommen worden, bis Hilde eines Morgens einige Dillpflanzen in dem Unkrautgemenge sichtete, die sie pflücken und trocknen wollte. Doch die Pflanzen saßen voller dunkelgrüner, mit schwarzen Querbinden und roten Punkten verzierten Raupen, die bei Berührung eine unmittelbar hinter dem Kopf sitzende, mehrere Millimeter lange, fleischige rote Gabel ausstülpten und ein Parfüm aus Dill, Petersilie und Möhrenkraut verströmten. Neugierig geworden, begann Hilde zu beobachten, was mit den Raupen passieren würde und staunte über so viel Gefräßigkeit. Sie erlebte die Verpuppung und bewunderte die im darauffolgenden Mai schlüpfenden Schmetterlinge. Aus einem eilends in der kleinen Dorfbibliothek ausgeliehenen Buch über Falter lernte sie, dass es sich um Schwalbenschwänze handelte.

Hilde begann nach und nach zu entdecken, dass ihre Unkrautwüste ein Schmetterlingsparadies war: Perlmuttfalter, deren Flecken auf den Hinterflügeln wie reines Silber glänzten, versenkten die Rüssel in Distelblüten. Der Admiral, auf dessen tiefschwarzen Flügeln die roten Binden und Ränder im grellen Gegensatz zu den reinweißen Flecken der Ecken standen, nahm im benachbarten Unkraut Platz, aus dem er einen Trauermantel verdrängt hatte, dessen Äußeres so beeindruckend war wie sein Name. Er zeigte eine kaum zu übertreffende Harmonie der Farben: zwischen dem tief schwarz-roten, samtig glänzenden Mittelfeld der Flügel und deren cremefarbener Umrandung leuchtete eine Reihe länglicher, hellblauer, schwarz eingefasster Flecken.

Die schwarzen, dornenbewährten Raupen des Tagpfauenauges tummelten sich gesellig in den Brennnesseln, die sie so kahl fraßen, dass nur die nackten Strünke übrig blieben. Doch gab es an diesen Pflanzen keinen Mangel, so dass auch für die Raupen des Kleinen Fuchses genug blieb.

Hilde begann in die Vegetation des kleinen Biotops einzugreifen, indem sie von bestimmten Schmetterlingsraupen bevorzugte Futterpflanzen einbrachte. Sie setzte einige Kohlpflanzen, weil sie fand, dass sich in dem bunten Farbgemenge die weißen Tupfen des Kohlweißlings gut ausmachen würden, buddelte Heidekraut, einige Weidenbüsche, Schachtelhalm und Wegerich ein und brachte ihre Schmetterlingskollektion mit den Jahren zu einer beachtliche Vielfalt.

Der direkt angrenzende Garten der Familie Lewin stand in krassem Gegensatz zur wilden Gurkenlandschaft und war doch fast so etwas wie eine kulturelle Weiterentwicklung der ungeordneten Wildnis in eine überschaubarere Form, die trotz einer gewissen Ordnung nicht in starre, schnurgerade Beete gepresst war.

Dies war Bettys Reich. Die wenigen Stunden, die ihr während des Sommers zur Gartenpflege blieben, mussten in erster Linie dem Gemüse gewidmet werden. Daher war für verzärtelte Fremdlinge des Pflanzenreiches, die milderem Klima entstammten und ihr Leben bei uns nur unter ständigem Umsorgtsein zu fristen vermochten, in Bettys Blumengarten kein Platz. Durch eine Zusammenstellung von Pflanzenarten, die sich in ihrer Blütezeit ablösten, schuf sie einen nicht abreißenden Blumenflor. Schneeglöckchen, Primeln und Krokusse eröffneten den bunten Reigen im Frühling, welchen die Christrose im Winter wieder schloss. Mittendrin tummelten sich Schwertlilie, Phlox, Bart- und Federnelke, Akelei, Gänseblümchen, Maiglöckchen und Veilchen. Neben Sommeraster, Fuchsschwanz, Reseda, Strohblume und Zinnie leuchteten Sonnenblumen, weithin sichtbar, mit ihren gelben Blütenscheiben, lässig an den Staketenzaun gelehnt und über ihn hinweg auf die andere Seite nickend. Eine Aufforderung zum Tanz, deren große Resonanz sie manchmal erstaunte, wenn bis zu hundert bunte Falter in ihren großen Suppentellern Platz nahmen und genüsslich die Rüssellöffel darin versenkten. Rittersporn, Stockrose, Cosmea, Kornblume und Lupinen mit ihrem pfeffrigen Duft, gehörten genauso wie Tulpen, Dahlien und Rosen in Bettys Reich. Zwei Königreiche, die friedlich nebeneinander existierten und insgesamt sogar eine gewisse Einheit bildeten.

Hilde schämte sich nicht mehr für das wüste Durcheinander in ihrem Vorgarten, seitdem sie wusste, welch bunte Pracht daraus hervorging, doch blieb ihr immer weniger Zeit sich daran zu erfreuen. Zu allem Unglück hatte Erna Gurke noch einen Sohn zur Welt gebracht, bei dessen Heranwachsen alle Attribute der geistigen Umnachtung, in welcher er gezeugt worden war, deutliche sichtbar wurden. Mit fünf Jahren konnte Joachim noch immer nicht laufen. Seine dünnen Beinchen knickten wie

Streichhölzer weg, so als wäre die ihnen aufgebürdete Last zu schwer. Krabbelnd, immer dreckig und beschmiert, bewegte sich der Junge durch das Haus und hatte seinen bevorzugten Aufenthaltsort unter dem Küchentisch. Dort fraß er Krümel und mancherlei anderes Zeug, was auf den Boden gefallen war. Ständig litt er deshalb an Verstopfung und musste, nachdem er einmal die Brille seiner Mutter gefuttert hatte, ins Krankenhaus. Seine Schwestern hatten weder Zeit noch Lust sich viel um den kleinen Bruder zu kümmern. Und die Gesellschaft seiner Eltern war nicht besonders ergiebig für seine Entwicklung. Joachims sprachliche Fähigkeiten waren ein Produkt ihrer stets schweren Zungen und der daraus resultierenden undeutlichen Aussprache, er lallte und wurde von niemandem verstanden.

Trotz aller Schwierigkeiten schaffte es Joachim heranzuwachsen. Seine Fresslust steigerte sich ins Unermessliche, dabei blieb er dünn wie eine Bohnenstange. Hilde meinte, er wäre schlimmer als die Schmetterlingsraupen, die ließen wenigstens noch die Stängel übrig, während Joachim die Knochen mitfraß, wenn man nicht aufpasste.

Am schlimmsten wurde es, als Joachim endlich laufen gelernt hatte und auch in den Ställen herumstöberte. An der Hühnerstalltür musste ein großes Schloss angebracht werden, da sich sonst mit Sicherheit das allabendliche Eiereinsammeln erledigt gehabt hätte. Der Versuch die Kühe anzuzapfen schlug fehl, da Joachims seltsam steife Finger vollkommen ungeeignet zum Melken waren und keines der Tiere sich die unangenehme Zwiebelei lange gefallen ließ. Den Schweinestall mied Joachim, seitdem ihn die Sau gebissen hatte, weil er, in der Annahme, es handle sich um ein Marzipanschweinchen, eines ihrer zwei Tage alten Ferkel anzuknabbern versucht hatte.

Joachims Tagesablauf wurde bestimmt vom Rhythmus seiner Darmtätigkeit, und sein ständig knurrender Magen grunzte den Takt dazu. Mit zunehmendem Alter begann er das Dorf zu durchstreifen. Seine Schwestern hatten den Versuch ihn zu einfachen Arbeiten in der Wirtschaft heranzuziehen aufgegeben. Auch die Idee ihn als Vogelscheuche bei den Kirschbäumen einzusetzen hatte sich als unbrauchbar erwiesen und endete damit, dass der Junge wieder mal mit Blaulicht ins Krankenhaus eingeliefert werden musste. Dabei hatte er diese Tätigkeit sehr ernst genommen. Nicht ein Star war auch nur in die Nähe der Früchte gelangt, so viel Krach hatte Joachim, bewaffnet mit zwei alten Topfdeckeln, geschlagen. Selbst seine Stimme hatte er nicht geschont und war vom vielen Bellen, Muhen und Gakkern ganz heiser geworden.

Doch hatte er zwischendurch immer noch genug Zeit gefunden, seinen Hunger zu stillen, der sich bei dieser anstrengenden Tätigkeit stärker als üblich meldete. Pfundweise waren die Kirschen samt Kern in die unergründlichen Tiefen seines Magens gewandert.

Irgendwann hatten sich alle damit abgefunden, dass Joachim zu nichts zu gebrauchen war. Man überließ ihn sozusagen seinem Schicksal und schenkte ihm kaum noch Beachtung. Er konnte frei über seine Zeit verfügen. Das änderte sich schlagartig, nachdem er bei einem Mordanschlag seines Vaters schwer verletzt wurde.

Dieses Ereignis fand an einem Sonntag statt. An solchen Tagen fielen die Mittagessen immer etwas üppiger als gewöhnlich aus. Obwohl das Bisschen Fett der mageren Hühner keine besonders gute Brühe hergab, schaffte es Martha sie durch Beimengen allerlei ungewöhnlicher Zutaten in eine Delikatesse zu verwandeln. An jenem Sonntag war das Huhn allerdings besonders zäh. Die Gurken hatten Mühe das Fleisch zu zermalmen und kauten lange darauf herum. Diesen Wettbewerbsvorteil nutzte Joachim natürlich für sich. Er hatte keine Probleme. Wenn alles an ihm so gut entwickelt gewesen wäre wie seine Kaumuskeln und sein ausgeprägtes Gebiss, hätte sein Name Superman gelautet. Arthur knabberte noch an seiner ersten Keule, als Joachim nach dem fünften Stück angelte, wobei er seinen Oberkörper quer über den Tisch legte, um die Fleischplatte, welche in sicherer Entfernung zu seinem Platz stand, zu erreichen. War es nun Wut über die Verfressenheit seines Jungen oder der Schmerz, den er in diesem Moment wie einen Blitzschlag durch seinen Körper zucken fühlte, weil er sich gerade einen Zahn abgebrochen hatte, oder war es die Angst nicht mehr genug abzubekommen – Arthur Gurke schwang mit lautem Aufschrei seine Gabel durch die Luft, mit dem Vorsatz diese in Joachims Genick zu rammen. Niemand nahm besonderen Anteil an diesem Vorfall, Arthurs Wutausbrüche fanden mindestens dreimal am Tage statt. Erna hatte noch nicht einmal von ihrem Teller aufgesehen. Joachim aber, der meistens das Zielobjekt solcher Wutausbrüche war, reagierte instinktiv. Wahrscheinlich hatte er schon etwas Ähnliches erwartet, denn er schwang seinen Oberkörper vom Tisch und blieb am Leben.

Allerdings hatte er ein Bauernopfer bringen müssen: seine linke Hand, mit der er sich beim Rückzug auf die Tischplatte gestützt hatte. Dieses nach Kaumuskeln und Gebiss wichtigste Werkzeug für Joachim – er war Linkshänder und konnte mit rechts weder popeln noch sich den Hintern abwischen – war im Zentrum des Handrückens durchbohrt und auf die Tischplatte genagelt. Joachim brüllte. Aus den Einstichlöchern sickerte Blut.

„Mänsch Jungchän, nu brill ma nich. Ne Täjtanusspritz haste doch all längst jekricht“, sagte Erna und verließ die Küche, weil sie kein Blut sehen konnte.

Der Gabelkopf steckte bis zum Anschlag in der Hand, die Zinken kamen an der Unterseite der Tischplatte wieder zum Vorschein. Die Befreiungsanstrengungen der Schwestern wurden von Joachims Brüllen und Zappeln begleitet, was die Sache nicht gerade vereinfachte.

Die Einstichlöcher verheilten bis auf eines schnell, da glücklicherweise kein Knochen getroffen war. Dieses eine aber, es war das zentralste, eiterte lange und hinterließ eine fette Narbe, die den Kreuzigungsmalen des Jesus von Nazareth glich. Joachim war stigmatisiert. Oder verursachte die Narbe auf seiner Hand eine Art Wetterfühligkeit in ihm? Sicher ist nur, dass Joachim wenige Tage, nachdem die Wunde verheilt war, seine Dorfspaziergänge bis auf den Friedhof, den er sonst gemieden hatte, ausdehnte.

Dort verhielt er sich sehr merkwürdig und erregte bald den Zorn der Dorfbewohner, die ihn wegen vermeintlicher Grabschändung vom Acker jagten, was Joachim aber nicht davon abhielt am nächsten Tag wieder dort zu erscheinen, um mindestens eine Stunde lang ganz bestimmte Gräber zu umkreisen. Er tat dies vollkommen emotionslos. Fast zwanghaft bewegten sich seine Füße, zogen mit Trippelschritten magische Kreise um die Ruhestätten. Den Kopf gesenkt, die Arme auf dem Rücken verschränkt, zog Joachim täglich seine Bahnen und veranlasste die Leute zu der Meinung, dass er nun vollkommen verrückt geworden wäre.

Hilde, die zwar keine besondere Sympathie für ihren Bruder hegte, sich aber durch die Beschimpfungen, die er erfuhr, in ihrer Familienehre verletzt fühlte, beschloss der Sache auf den Grund zu gehen. Von ihrem Schmetterlingsgarten aus konnte sie sehen, wann Joachim den Friedhof betrat. Sie schlich sich bis an die Feldsteinmauer und beobachtete, welches Grab er umkreiste. Manchmal war es tagelang hintereinander das selbe, bis er sich eines anderen annahm. Sehr schnell stellte Hilde fest, dass es sich nur um ganz bestimmte Gräber handelte. Schließlich begann sie ihre Beobachtungen in einem Heft zu notieren. Nach wochenlangem Recherchieren fand sie die Lösung.

Joachim folgte an jenem Tag seiner Passion mit eher untypischen Bewegungen. Aufgeregt zog er seine Bahnen und hielt sich dabei die Ohren zu. Dann wieder zuckte er plötzlich zusammen und bedeckte seinen Kopf mit den Händen. Dieses Verhalten kannte Hilde genau, sie hatte oft darüber gelacht, wenn Joachim sich bei Gewitter derartig benahm. Als sich drei Tage später ein heftiges Gewitter entlud, begann sie zu verstehen und katalogisierte die von Joachim umkreiste Ruhestätte unter Gewittergrab. Es war ganz klar, Joachim prophezeite das Wetter, und zwar drei Tage im Voraus!

Obwohl Joachim weder lesen noch schreiben konnte, hatten seine Wetterbotschaften immer einen Bezug zum Namen oder dem Charakter der Personen, die die Gräber belegten. So war das Gewittergrab die Domäne eines Friedrich Donner. Regen sagte Friederike Ranunkel an, eine olle Hexe, die Joachim zu Lebzeiten einen Eimer Wasser über den Kopf geschüttet hatte, weil er sich einen Apfel nahm, der von ihrem Baum über den Gartenzaun gefallen war. Trude Sommerlatte hingegen war zuständig für trockenes Sommerwetter und Elke Dürre kündigte Frost an.

Mehrere Monate notierte Hilde ihre Beobachtungen und komplettierte den Katalog. Sie stellte fest, dass Joachims Wettervorhersagen immer eintrafen, die Quote lag bei hundert Prozent. Hilde dachte nun darüber nach, wie sie ihr Wissen am besten verbreiten könnte und kam auf die Idee ein Plakat an die Litfasssäule zu kleben, die sich im Zentrum des Dorfes befand. Auf einem großen Bogen Packpapier malte sie in schönster Sonntagsschrift ihre Wetteregeln auf, die sie der leichteren Merkfähigkeit wegen, sogar in Versform brachte.

Hört ihr Leute, lasst euch sagen,
geht Joachim nicht an'n Kragen,
wenn er auf dem Friedhof rennt.
Denn der Jung das Wetter kennt,
welches in drei Tagen kommt,
wie's Amen in der Kirch, so prompt!
Ich bring Licht in euer Dunkel:
Regen macht die Frau Ranunkel.
Friedrich Donner macht Gewitter
und für Frost, mit viel Gezitter,
steigt Frau Dürre aus der Grube.
Schneien tut es, wenn der Bube
um den Heinrich Weißrock rennt.
Wer Frau Sommerlatte kennt,
weiß, sie lässt die Sonne lachen,
wunderbar, um Heu zu machen.
Dieses schrieb euch nicht ein Schurke,
sondern nur die Hilde Gurke!

Natürlich sorgte Hildes Bekanntmachung anfangs für viel Wirbel im Dorf. Als die Bauern aber ihre Regeln überprüft hatten, wurde Joachim ein gern gesehener Gast auf dem Friedhof. Seine Voraussagen waren besonders in der Erntezeit von unschätzbarem Wert. Da Joachims Verfressenheit allgemein bekannt war, hatten die Bauern, um ihren Propheten recht bei Laune zu halten, ein Tischchen auf den Friedhof gestellt, auf dem für ihn täglich die leckersten Gaben ausgelegt wurden. Joachim, anfangs etwas misstrauisch, gewöhnte sich schnell an die veränderte Situation, schlemmte in seinem neuen Reichtum und nahm sogar etwas zu.

Das ging so mehrere Jahre lang, bis zu jenem Sommer, in dem bei den Lewins Doppelkopp geboren wurde. In jenem Jahr hatte es einen Frühling gegeben wie lange nicht mehr. Die Frucht auf den Feldern gedieh prächtig, und das Gras auf den Weiden wuchs so schnell, dass die Kühe ordentlich fett und drall wurden. Joachim fand seinen Gabentisch noch reichlicher als üblich gedeckt und machte es den Kühen nach.

Ab Mitte Juni begann sich eine Katastrophe anzubahnen. Es fiel kein Tropfen Regen mehr, und das blieb so bis weit in den August hinein. Joachim hatte sich an Trude Sommerlatte festgebissen. Die erste Heumahd war auch ganz prachtvoll ausgefallen, doch konnte keine zweite eingebracht werden, weil das Gras bei der Trockenheit nicht mehr nachwuchs. Die Kühe auf den Weiden brüllten und brachen immer häufiger aus, um ihren Hunger auf den benachbarten Rüben- oder Getreideschlägen zu stillen. Mit der Milchleistung ging es bergab, sodass die Bauern ihr Soll kaum noch erfüllen konnten. Joachims Gabentisch blieb leer.

Die Stimmung wurde immer gedrückter. Da kamen Habersack und Kielschwein, zwei etwas beschränkte Bauern mit krimineller Energie, zu der Auffassung, dass Joachim Schuld an der Misere hätte. Schließlich bräuchte der doch nichts anderes zu tun als mal um Friederike Ranunkel rumzumarschieren, statt sich Tag für Tag bei Trude Sommerlatte rumzutreiben.

Joachim, der vom einfachen Propheten plötzlich in den Rang eines Herrgotts gestiegen war, konnte mit dieser Position nichts anfangen und drehte seine Runden auch weiterhin um Frau Sommerlatte. Habersack und Kielschwein legten ihm das als Bosheit aus und beschlossen ihn mit Gewalt zum Regenmachen zu zwingen.

Es ist Sonnabend, die Sonne rollt lustig über die Himmelsbahn. Nichts steht ihr im Weg, nicht ein Wölkchen. Die Dorfteiche sind fast leer geschlürft, in den erbärmlichen Pfützen ringen Karauschen und Plötzen nach Atem. Die Bäume, allesamt schlaff und grau gepudert, lassen die Zweige hängen und beginnen ihre Blätter wie überflüssige Fresser zu entsorgen. Ins Freie geht nur, wem nichts anderes übrig bleibt, dabei ungepflasterte

Nebenpfade meidend, auf denen man bei Schritt und Tritt graue Staubschwaden aufwirbelt.

Joachim geht seiner täglichen Beschäftigung nach und nimmt ein Sonnenbad bei Trude Sommerlatte. Die Kirchenglocke bimmelt und erinnert an den Gottesdienst, der am Sonntag abgehalten werden soll. Pastor Lewerenz will die kirchscheuen Bauern mit einem Bittgottesdienst in seine Kirche locken. Er sieht die lange Trockenperiode als Strafe für die immer spärlicher besuchten Gottesdienste.

Es kränkte ihn zutiefst, dass sein Haus nur noch zu Beerdigungen, Hochzeiten und Kindstaufen gut gefüllt war. Ansonsten predigte er für ein paar alte Weiber, von deren Gesang er Kopfschmerzen bekam, denn der Klang ihrer Stimmen erinnerte stark an das Quietschen einer Katze, der man auf den Schwanz getreten war. Nachts plagten ihn Alpträume.

Es ist später Nachmittag, die Sonne sticht, als würde sie im Zenit stehen. Joachim dreht unerschütterlich seine Runden und achtet nicht auf das Knarren der Friedhofspforte, auch nicht auf die knirschenden Schritte, die sich ihm nähern. Er hält den Kopf weit nach unten gesenkt, bei jedem Schritt leicht nickend, wie ein alter, müder Arbeitsgaul. Er blickt auf seine Füße, die er nicht sieht, und dann sieht er gar nichts mehr. Plötzlich ist es stockfinster und furchtbar stickig. Joachim will um sich schlagen, aber seine Arme klemmen fest. Er beginnt zu schreien und hört, wie jemand ruft: „Zieh ihm eins über!“ Dann verliert er das Bewusstsein.

Habersack und Kielschwein haben zugeschlagen! Da nutzt es auch nichts, dass Trude Sommerlatte ihre zu Lebzeiten gefürchtetsten Flüche herausschleudert und sich in ihrer Grube wälzt, dass der alte Grabstein ordentlich ins Kippeln gerät. Zwar pinkelt sich Kielschwein vor Angst in die Hose, lässt aber von seiner Beute nicht ab und wirft sie in die Schiebkarre, die Habersack bereithält. Dann verschwinden sie im Laufschritt, auf holperigen Pfaden, eingehüllt in eine dicke Staubwolke.

Joachim wird in Kielschweins Scheune für ein paar Stunden zwischengelagert. Als es dunkel ist, bringen die beiden Übeltäter ihn wieder auf den Friedhof. Sie führen den Propheten, wie eine Marionette, um Friederike Ranunkels Grab. Kielschwein meint, dass die Prozedur noch wirkungsvoller sei, wenn er sie singend unterstützte und beginnt mit schönstem Falsett zu intonieren: „Es regnet, es regnet die Erde wird nass ...“ Danach binden sie Joachim mit dem Rücken an das Grabkreuz und verschwinden.

Nach den langen Stunden die er in dem stickigen Sack verbracht hat, empfindet Joachim die Nachtluft als sehr angenehm. Nur frei durchatmen kann er noch immer nicht. Seine Nase ist voller Staub und Spreu, im Mund steckt ein dreckiger, zusammengeknüllter Lappen. Trotzdem schläft Joachim vor Erschöpfung ein.

Als er gegen drei Uhr erwacht, plagen ihn Hunger, Durst und seine unbequeme Stellung so sehr, dass er beginnt an den Festen des Marterpfahles zu rütteln. Die üppige Ernährung der letzten Jahre macht sich jetzt bemerkbar. Es gelingt ihm die Fesseln ein wenig zu lockern und den Spielraum zu vergrößern. Unermüdlich, mit gleichmäßigen Bewegungen schiebt er seinen Oberkörper vor und zurück. Die beharrlichen Schwingungen bringen das alte verrostete Grabkreuz langsam ins Schwanken. Nach zwei Stunden bricht es endlich ab.

Joachim, den die Schaukelei stark ermüdet hat, ist gerade dabei wieder einzuschlafen als ihn das mehrere Zentner schwere Teil in den Sand drückt. Mühsam rappelt er sich auf, nicht mehr ans Kreuz gefesselt, dafür aber das Kreuz an ihn. Vollkommen orientierungslos, da er seinen Kopf nicht aufrichten kann, schleppt Joachim sich und das Kreuz vom Friedhof und taumelt auf das nächstbeste Anwesen zu. Dazwischen befinden sich aber noch einige Hindernisse.

Joachim ist ein Riese, der durch einen Zwergenwald trampelt und eine Schneise der Verwüstung hinterlässt. Straßenlaternen knicken wie Strohhalme unter den wuchtigen Stößen des Eisenkreuzes. Das Vorfahrt-auf-der-Hauptstraße-beachten-Schild verliert vom heftigen Aufprall den Kopf und zerbricht unter Joachims vernichtenden Schritten. Keine Frage, wer hier die Vorfahrt hat. Die Milchbank, auf der die Bauern ihre Milchkannen für den Transport zur Molkerei bereitgestellt haben, fällt ohne großen Widerstand in sich zusammen. Die Kannen kullern scheppernd auf die Dorfstraße und entleeren sich glucksend, zur Freude der Katzen.

Nur die alten Dorflinden, welche den Straßenrand säumen, geben nicht nach und überschütten Joachim mit trockenen Blättern. Die Last droht ihn immer mehr zu erdrücken und schiebt ihn durch eine geschlossene Gartenpforte, die er nicht einmal zu öffnen braucht. Schlingernd bewegt er sich auf die Haustür zu, wird aber im letzten Moment zur Seite gerissen und kippt im Zeitlupentempo auf eines der Fenster zu. Als es scheppert, wird Joachims freier Fall gestoppt. Der Querbalken des Kreuzes hat eine Scheibe zerschlagen und sich am Fensterrahmen verhakt.

Es dauert eine Weile, bis sich die Haustür öffnet und ein kleiner, schmierbäuchiger Mann in langem Nachthemd und Filzlatschen um die Ecke guckt. Piek Ass, nicht gewohnt durch äußere Einflüsse aus dem Schlaf gerissen zu werden, ist sich nicht ganz sicher, ob das, was er sieht, der Realität entspricht. Vorsichtshalber fällt er auf die Knie und faltet die Hände.

Joachim, vollkommen erschöpft und noch immer in Schräglage hängend, glotzt verblüfft auf den Alten, da er eigentlich mit einem Wutausbruch gerechnet hat und überhaupt nicht begreift, was der sagt.

„Gelobet sei, der da kommt, ein König, in dem Namen des Herrn! Frieden sei im Himmel und Ehre in der Höhe“, ruft Piek Ass und senkt demütig das Haupt.

Er ist froh einige besonders imposante Stellen aus der Bibel auswendig gelernt zu haben und sagt sicherheitshalber auch gleich das Vaterunser auf. Als Joachim sich immer noch nicht rührt, erhebt er sich und geht zu ihm.

„Joachim Gurke? Bist du das?“

Piek ist kurzsichtig und hat in der Aufregung vergessen seine Brille aufzusetzen. Joachim gibt ein paar undeutliche Laute von sich, Piek erkennt die Stimme.

„Nun sag einmal, bist du denn von allen guten Geistern verlassen?!“ Piek bemüht sich immer ein einwandfreies Hochdeutsch zu sprechen, das klingt vornehm und kommt bei den Damen gut an. „Mir derartig zu erschrecken. Kannst du deinen

Maskenball nicht woanders spielen? Und überhaupt, wo hast du denn das Kreuz her? Na ja, antworten kannst du mich ja doch nicht. Onkel Piek schneidet dich jetzt los und dann gehst du schnell nach Hause, verstanden?“

Er holt ein großes Küchenmesser und befreit den Jungen, der sofort auf Schleichwegen nach Hause rennt.

Auf der Dorfstraße hat sich inzwischen eine große Menschenmenge zusammengefunden, die lärmend und tobend das Chaos zu beseitigen versucht. Niemand hat gesehen, wie es dazu gekommen ist. Die wildesten Spekulationen werden geäußert. Schließlich einigt man sich darauf, dass dies nur ein wildgewordener Elefant fertig gebracht haben könne, der aus irgendeinem Zirkus abgehauen war.

2

Durch das gewaltsame Aufwecken war Piek Ass empfindlich in seinem Bio-Rhythmus gestört worden. Er fühlte sich unwohl und schlurfte, den dicken Schmierbauch reibend, in seinem Kämmerchen auf und ab. In seinen Eingeweiden wütete ein hungriger Tiger, der einen sich immer weiter aufblähenden Luftballon jagte. Piek Ass litt unter einem sehr seltenen Phänomen mit dem wissenschaftlichen Namen „Zwanghaft-Neurotisches-Bläherweckungssyndrom“. Er selbst nannte es seinen inneren Wecker, redete aber mit niemandem darüber, da er diese Sache als recht peinliche Angelegenheit empfand, von der auf keinen Fall jemand etwas wissen durfte.

Nur deshalb hatte er niemals geheiratet, was ihn sehr betrübte. Er fürchtete um die Dauerhaftigkeit der Liebe, wenn die Holde an jedem Morgen gegen sechs Uhr mit einem Knall erschreckt würde, dessen Lärmpegel vergleichbar war mit dem einer Feuerwerksrakete, deren bunte Lichteffekte sich mittels heftiger Detonationen am Himmel verstreuten. Und wenn diese Detonation nicht einem Feuerwerkskörper sondern dem Hinterteil des Bettgenossen entfuhr, und zwar zusammen mit einer ordentlichen Portion nach verfaulten Eiern stinkenden Gases, war es nur eine Frage der Zeit, wann die geliebte Frau entnervt die Koffer packen würde.

Wahrscheinlich hatte sein Organismus diese Eigenart angenommen, weil ihm ein ebenso mächtiger Furz, wie er ihm Morgen für Morgen entfuhr, auf die Welt geholfen hatte. Er war quasi der Startschuss in sein Leben gewesen und hatte sich als solcher wie ein lebensnotwendiger biochemischer Vorgang in ihm festgesetzt, um jeden Tag so zu beginnen. Seine Mutter hatte sich vor nunmehr siebenundsechzig Jahren sechsunddreißig Stunden lang damit gequält ihn auf die Welt zu bringen. Er befand sich in einer komplizierten Querlage, aus der ihn auch nicht die erfahrene Hebamme herauszubringen vermochte. Unzählige Male hatte sie ihn in die richtige Stellung gedreht, doch er war, kaum dass sie losgelassen hatte, wieder in die Ausgangsposition zurückgeschwupst wie ein Stehaufmännchen. Um die Patientin bei Kräften zu halten, flößte man ihr einen Teller Kohlsuppe ein, das ostpreußische Allheilmittel, dessen ungeheurer Wirkungskraft kein Übel widerstehen konnte. Ein Argument, vor dem sich auch die Hebamme nicht verschließen konnte, da sie nicht wusste, dass in dieser Kohlsuppe Kümmel fehlte, der mangels Geldes nicht im Hause war. Die Ahnungslosigkeit der Hebamme war vom Schicksal vorherbestimmt, denn die fürchterlichen Blähungen, welche Pieks Mutter nach dem Genuss der Kohlsuppe befielen, entluden sich in einem gewaltigen Furz, der ihn sozusagen expositionsartig auf die Welt schleuderte.

Dieses morgendliche Ritual hatte Joachim mit seinem Fenstersturz verhindert. Die Folgen waren nicht abzusehen und Piek fürchtete sich ein wenig. Dann fiel ihm ein, dass es Sonntag war, und er beschloss sich seinen Lieblingstag nicht länger mit düsteren Grübelcien zu verderben. Sonntag war Besuchstag bei Minna Zott!

Piek Ass kocht sich einen Kümmeltee und beginnt seine Morgentoilette. Der riesige Waschzuber ist ein Mehrzweckmöbel, das, mit einer runden Platte abgedeckt, tagsüber als Tisch dient. Piek ist ein sehr praktischer Mensch und hat gelernt jeden Kubikmeter seines fünfzehn Quadratmeter großen Zimmers, das Schlafzimmer, Wohnzimmer und Küche in einem ist, zu nutzen.

Piek Ass ist kein Bauer. Er hat einige Jahre in der Maschinen-Traktoren-Station als Hausmeister gearbeitet und war mit fünfundsechzig in Rente gegangen. Er wohne zur Miete bei einem Bauern und hat trotz der Beengtheit noch keine größere Wohnung bekommen können, da Junggesellen ganz unten auf der Warteliste standen.

Von der Pumpe, die auf dem Hof steht, schleppt er einige Eimer Wasser heran und füllt damit den Waschzuber, der ihm sonntags als Badewanne dient. Ein riesiger Tauchsieder bringt das Wasser schnell zum Dampfen. Piek liebt es schön heiß, richtig weh muss es tun und die Haut tomatenrot anlaufen lassen. Die Tür hat er sicherheitshalber wieder abgeschlossen, man konnte nie wissen, was der Bäuerin, die von einer erschreckenden Mannstollheit umgetrieben wurde, so alles in den Sinn kam. Ausgerechnet ihrem Ehemann war im Krieg der Körperteil weggeschossen worden, den sie am höchsten geschätzt hatte.

Trotz dieses Handikaps gebar die Tolle Elviera, wie man sie im Dorf nannte, in schöner Regelmäßigkeit alle zwei Jahre ein Kind. Inzwischen hatte sie die stattliche Anzahl von neun Nachkömmlingen in die Welt gesetzt, von denen die Ältesten schon tüchtige Helfer in der Wirtschaft waren. Was ihr wiederum die Zeit verschaffte für weiteren Nachschub zu sorgen. Dieser wegen seiner ständigen Präsenz höchst unerfreuliche Sexualtrieb, den Elviera manchmal selbst als sehr lästig empfand, war seltsamerweise erst in ihr erwacht, nachdem ihr Ehemann sozusagen entmannt aus dem Krieg heimkehrte. Und so unterschied sie sich in nichts von anderen Menschen, die meist das am stärksten begehren, was ihnen verwehrt scheint.

Nur hatte Elviera das Pech, dass es sich bei ihrem Begehren um einen Schwanz handelte und die Leute dies als unanständig betrachteten. Niemand störte sich beispielsweise auch nur im Geringsten daran, dass Johanna Fleck, in der irrigen Annahme ein Nachkomme Rumpelstilzchens zu sein, in den Nächten Stroh spann, weil sie rein verrückt nach Gold war. Piek Ass war egal, was Johanna Fleck nachts trieb, so lange sie nicht ihn für Rumpelstilzchen hielt. Ihm war auch gleichgültig, mit wem und wo sich Elviera herumtrieb. Nur in seiner Badewanne hatte sie nichts zu suchen. Er hatte keine Lust als Wasserleiche zu enden, was zu befürchten stand, da ihr Mann mit den Jahren immer rasender in seiner Eifersucht wurde.

Nach einer Stunde hat Piek das Gefühl gar zu sein und steigt aus der Wanne. Er rubbelt sich trocken, holt frische Wäsche aus dem Kleiderschrank und weicht die alte Kleidung im Badewasser ein. Dann begibt er sich mit feierlicher Miene zu einer buntbemalten Holztruhe, die unter dem Fenster steht und öffnet das Vorhängeschloss. Dies ist der Moment, auf den er sich die ganze Woche freut. Er entnimmt der Truhe einen Zehnliterglasballon und füllt daraus etwas Flüssigkeit in ein kleines Schälchen ab. Andächtig benetzt Piek seine Finger und betupft Hals und Schläfen damit. Dann zieht er sich an und gibt noch einige Spritzer auf sein Sonntagshemd. Seine Nasenflügel vibrieren und unterstützen fächernd die genüsslichen Schnupperbewegungen der weit aufgeblähten Nasenlöcher. Es ist Rosenwasser, das Piek jeden Sonntag in einen fast rauschhaften Zustand versetzt.

Der Glasballon mit dem Rosenwasser war die einzige Habe, die Piek Ass auf einem Handwagen mit sich führte, als es ihn auf der Flucht aus seiner ostpreußischen Heimat ins Dorf verschlug. Er hatte dort einen kleinen Frisörladen besessen und kannte sich auch mit den feinen Düften aus.

Piek liebte es frisch und sauber zu sein und gut zu duften, das gab ihm ein ganz besonderes Wohlgefühl. Außerdem konnte er so noch intensiver die Gerüche anderer Menschen wahrnehmen, ein Bedürfnis, das sich im Verhältnis zu den Jahren der Einsamkeit steigerte. Piek war verrückt nach den Körpergerüchen anderer Menschen, wobei er die der Frauen bevorzugte, von welchen es ihm die unreinen, um nicht zu sagen übel riechenden, ganz besonders angetan hatten. Minna Zott stand in Pieks Hitliste ganz oben. Diese Frau, ungefähr in seinem Alter, war eine Brutstätte des schlechten Geruchs und konnte ohne Übertreibung als Treibhaus dieser Pflanze gelten, die auf den fossilen Resten der Alten vorzügliche Wachstumsbedingungen vorfand. Sie war schlichtweg die Inkarnation des Gestanks und übte auf Piek Ass eine unwiderstehliche Anziehungskraft aus.

Piek ist ausgehfertig und krönt zum Abschluss sein Haupt mit einem wagenradgroßen Strohhut, um die empfindliche Kopfhaut vor der vernichtenden Sonneneinstrahlung zu schützen. Trotz täglicher Einreibungen mit Birkenhaarwasser ist sein

Haar nur noch sporadisch vorhanden, was ihn als ehemaligen Frisör besonders betrübt. Gegen halb neun verlässt er das Haus und macht sich auf den kurzen Weg zu Minna, ans andere Ende der Dorfstraße.

Minna Zott wartet, in ihrem Bett sitzend, bereits ungeduldig auf Piek Ass. Seit zehn Jahren hat sie es nicht mehr verlassen, außer um ihre Notdurft zu verrichten. Für diesen Anlass steht direkt neben ihrem Bett ein Stuhl, von dem die Sitzfläche entfernt worden ist. Es ist ein prachtvolles altes Möbelstück und verdankt die Degradierung zum Klo seiner außerordentlichen Stabilität. Der hohe gedrechselte Rahmen der Rückenlehne hat eine bequeme Polsterung und ist mit rotem Samt bespannt. Am Ende der Lehne befindet sich eine rechteckige Verzierung mit wunderschönen Intarsien, welche Veilchen und Rosen darstellen. Minna Zott sitzt wahrhaftig auf dem Thron, wenn sie ihr Geschäft verrichtet. Sehr praktisch sind auch die Armlehnen, die Minnas Würgegriff zu spüren bekommen, wenn sie ihren meist steinharten Mist herauspresst und durch die offene Sitzfläche in einen darunter stehenden Eimer plumpsen lässt.

An diesem Sonntagmorgen ist das Geschäft bereits abgewikkelt. Lotte, ihre Nichte, mit welcher sie gemeinsam die kleine Wohnung behaust, kommt gerade mit dem Eimer, den sie im gegenüber liegenden Feuerwehrlöschteich entleert hat, zur Tür herein. Sie bedient die Alte, seitdem sich diese vor zehn Jahren ins Bett gelegt hat und nicht wieder aufgestanden ist. Obwohl Minna organisch vollkommen gesund ist, macht sie keine Anstalten diesen Zustand jemals wieder zu ändern. Sie hat Gefallen daran gefunden, sich um nichts mehr kümmern zu müssen und alles auf ihre Nichte abwälzen zu können. Lotte fürchtet sich vor ihr. Schon der Klang ihrer Stimme, laut und rau wie das Bellen eines großen Hundes, bringt ihren Puls zum Rasen. Immer hat die Alte einen Frosch im Hals, der ihr beim Bellen meistens in den Mund rutscht und von dort auf die Bettdecke flutscht.

„Mach dat weg“, schnarrt sie dann Lotte an. „Wer war dat? Warst du dat? Pfui Deuwel, du hälst mir nich sauber!“

Die Fenster werden selbst im Sommer nur selten geöffnet, da Minna die Zugluft an ihren Ohren fürchtet. Tagsüber trägt sie ein wollenes Kopftuch, das unter dem breiten Bullenbeißerkinn verknotet ist, und ihr das Aussehen eines Wolfes verleiht, der sich, um Rotkäppchen zu täuschen, als Großmutter verkleidet hat.

Im Hausflur knarren die Treppenstufen, Minna klopft die Bettdecke zurecht und setzt sich in Positur. Sie hat genügend Zeit gehabt, um zu lernen, wer welche Geräusche auf der Treppe erzeugt und weiß, dass diese nur von Piek Ass stammen können. Sie waren besonders ausgedehnt und schwangen sich auf bis in die höchsten Gefilde der Tonleiter, deren Noten Piek als dicker Bassschlüssel vor sich herschob.

Piek, dem wirklich jedes Mal, wenn er die steile Treppe emporkletterte, eine bestimmte Melodie durch den Kopf ging – er konnte sich auch keinen Reim darauf machen, warum es gerade „Oh Tannenbaum“ war – zog diese letzten Meter vor dem Ziel immer ganz besonders in die Länge. Er legte den Kopf in den Nakken, blähte die Nasenflügel und versuchte den von ihm so geliebten Duft aus dem penetranten Geruch nach Katzenpisse, der im Flur vorherrschte, herauszufiltern. Wenn er darüber nachdachte, war es eigentlich diese Vorfreude, die das Schönste an dem Besuch war. Dieser Kitzel, ganz unmittelbar vor der Erfüllung des Wunsches zu stehen, war das Größte. Der Erhalt eines Geschenkes, das man noch nicht aus dem schönen bunten Einwickelpapier ausgepackt hat.

Vor der Tür lauern sieben Katzen auf eine Gelegenheit ins Zimmer zu stürzen und lassen sich eher auf den Kopf treten als freiwillig den Platz zu räumen. Manchmal dürfen sie in Minnas Bett, um deren kalte, steife Knochen zu wärmen. Am Sonntagvormittag aber ist dieser Platz für Piek reserviert. Um sich ein würdevolles Eintreten zu sichern, hat er ein Tütchen mit Wurstresten mitgebracht, die er der Meute etwas abseits der Tür hinschüttet. Die Reste sammelt Piek gewissenhaft die ganze Woche zusammen, da er um keinen Preis ähnliche Pleiten wie in den Anfängen seiner Besuche bei Minna Zott erleben will. Damals war die Meute fast regelmäßig mit ihm zusammen ins Zimmer gestürzt, obwohl er die Tür nur spaltbreit öffnete, so dass er gerade hindurchpasste. Er fand es pietätlos sich so Zutritt verschaffen zu müssen und hatte sich überdies jedes Mal über den zerknitterten Zustand seiner guten Sonntagsjoppe geärgert.

Die Katzenviecher sind beschäftigt, Piek klopft an die Tür, öffnet sie langsam und weit, bevor er eintritt. Die Zimmerluft lodert ihm entgegen, wie die beißenden Flammen einer Feuersbrunst. Es wirft ihn fast zu Boden. Seine Lungen müssen sich erst an das ungesunde Gasgemisch gewöhnen und ihre Funktion auf Überlebenskampf umstellen. Piek ist daran gewöhnt, atmet auf Sparflamme und bewegt sich nur ganz langsam vorwärts, wie ein aus den Tiefen des Meeres kommender Taucher. Die Taucherkrankheit kann den Tod verursachen. Der Vorgang dauert nur wenige Sekunden, dann ist die Bereitschaft zur gefahrlosen Aufnahme seines Lieblingsgeruches hergestellt.

„Guten Morgen, meine liebe Minna“, trällert er und lüftet sein Haupt, indem er den Strohhut mit schwungvoller Geste entfernt. Lotte kommt diensteifrig angelaufen und nimmt den Hut in Verwahrung.

„Vielen Dank, liebes Kind. Sie sehen heute wieder ganz besonders hübsch aus.“

Lotte wird rot und macht vor Verlegenheit einen tiefen Knicks, wie eine Hofdame, welche sich geadelt fühlt, weil sie von seiner Majestät komplimentiert wurde. Dann marschiert Piek zum Bett, macht eine Verbeugung, ergreift Minnas Pranke und presst einen feuchten Schmatzer darauf.

„Meine liebe Minna, sie werden wahrhaftig mit jedem Sonntag schöner! Wie das blühende Leben sehen sie aus.“

Minna, die diese Schmeichelei jeden Sonntag von Piek zu hören bekommt, ist sehr argwöhnisch und wittert hinter allem nur Schlechtes. Um seine Aussage zu überprüfen, hat sie seit kurzem einen kleinen Spiegel auf dem Nachtschrank zu liegen. Den nimmt sie jetzt zur Hand und schaut sich in die wässrigen grauen Augen, unter deren raubvogelartigem, stechendem Blick ihr kalte Schauer den Rücken herunterlaufen. Die lange spitze Nase hätte bei Bedarf wahrscheinlich töten können, und der Mund, welcher erstaunlicherweise nicht schmallippig, sondern groß und sozusagen vollbereift ist, verrät eine maßlose Gier nach leiblichen Genüssen. Dieser Eindruck wird durch die sehr großen und kräftigen, dunkelbeige schimmernden Zähne noch verstärkt. Der riesige Kopf scheint direkt aus dem massigen

Körper zu wachsen, jedenfalls ist nicht einmal die Spur eines Halsansatzes zu erkennen. Eine physische Besonderheit stellt ihre Fähigkeit dar, den Kopf um hundertachtzig Grad drehen zu können, was auf verwandtschaftliche Bande mit der Spezies der Eule schließen lässt, eher aber eine Folge ihrer jahrelangen Trägheit ist, die darin gipfelt den Körper möglichst zu schonen und nur den Kopf in die gewünschte Richtung zu drehen. Ihre gelbliche Gesichtshaut hängt schlaff von den Backen und vibriert bei jeder Bewegung wie die Lefzen einer Dogge.

Minna legt den Spiegel auf den Nachtschrank zurück. Sie ist zufrieden mit dem Ergebnis der Betrachtungen, nickt beeindruckt und findet, dass Piek Ass die Wahrheit gesagt hat. Piek ist auch zufrieden. Als Pragmatiker ist er davon überzeugt, dass der Zweck die Mittel heiligt. Und das Ziel seiner ultraverlogenen Schmeichelei hat er schließlich erreicht, Minna ist in blendender Stimmung. Sie wälzt sich auf die linke Betthälfte, schlägt das Zudeck zur Seite und klopft mit der rechten Hand auf die freie Fläche.

„Mein rechter, rechter Platz ist leer, ich wünsche mir Piek Ass schnell her“, sagt sie und bringt es wahrhaftig fertig mit dem linken Auge zu zwinkern.

In diesem Moment ist Minna tatsächlich etwas weniger hässlich. Sie hat sich sozusagen von dem als Großmutter verkleideten Wolf in die Großmutter verwandelt. Selbst ihre Stimme ist etwas weniger rau und lässt den Fröschen keine Chance herauszuhopsen.

Lotte, die dem Treiben fasziniert zuschaut, ist immer wieder aufs neue über die Verwandlung ihrer Tante erstaunt und fragt sich, ob sie wohl mit ein paar Komplimenten die gleiche Wirkung bei ihr erzielen könnte, um sich so das Leben wenigstens ein bisschen zu erleichtern. Sie nimmt sich vor es auf jeden Fall einmal zu versuchen. Lotte ist zu dem Schluss gekommen, dass sich der Mensch wider besseres Wissen leicht durch andere vom Gegenteil dessen, was er glaubt, überzeugen lässt, wenn er es nur oft genug gesagt bekommt. Was bedeutet, dass der Mensch niemandem weniger traut als sich selbst.

Von derart philosophischen Gedanken ist Minna Zott weit entfernt, als sie Pik Ass dabei beobachtet, wie er sich seiner Sonntagshose entledigt. Diese Prozedur ist eines jener Spielchen, die Piek gern endlos in die Länge zieht. Er genießt es, Minna in eine sich von Sekunde zu Sekunde steigernde Ungeduld zu versetzen, die er, ohne sie dabei anzusehen, fast körperlich spürt. Er hört das Knistern der Bettdecke, die sie in ihren Fäusten zerdrückt, die Bewegung ihrer Füße, wenn sie die Knie anzieht um die Bettdecke zum hundertsten Male zurechtzurükken und schließlich diesen seltsamen, hohen Ton der ganz leise aus ihrem Kehlkopf dringt und wohl nur deshalb zu vernehmen ist, weil ihr Unterkiefer vor Anspannung heruntergeklappt ist. Vielleicht war dieser Urlaut eine Art fragmentarisches Überbleibsel aus jener Zeit, als die Sirenen auf den Weltmeeren Männer in den Wahnsinn trieben. Für Piek ist es das Signal, langsam zum Ende seiner Stripteaseshow, die niemals mehr als das Entledigen von Hose und Joppe beinhaltet, zu kommen. Er will den Bogen nicht überspannen und auf keinen Fall einen Herzkasper bei seiner Freundin riskieren.

Piek, der sich einbildete unwiderstehlich zu sein, hatte sich in die wahnwitzige Idee verstiegen, Minna mit seiner Show sexuell zu erregen. Er sah Minna, die er bei diesem Akt aus Höflichkeit nicht anblickte, vor sich: mit verzücktem Gesicht und schwellenden Brüsten, obwohl er an jener Stelle, wo er diese erträumte, nur schlaffe Beutel zu fassen bekam. Er sah sie mit ihren weit aufgerissenen Raubvogelaugen, die beim Anblick seines blütenweißen Baumwollschlüpfers zu schielen begannen und seine Genitalien in Hypnose versetzten. Er sah, wie sich ihre Nasenlöcher zu wahren Bombentrichtern weiteten, um den betörenden Duft des Rosenwassers, welcher sich mit den Ausdünstungen seiner Hormondrüsen vermischt hatte, einzusaugen.

Er war glücklich! Minna auch, aber nicht weil sie, wie Piek Ass glaubte, sexuell erregt war, sondern weil sie wusste, dass dieses lächerliche Zurschaustellen, die letzte Affigkeit war, die sie ertragen musste, um ihre sonntägliche Glückseligkeit zu erlangen. Denn nun endlich, endlich zog Piek Ass aus der Tasche seiner Joppe, die er akkurat über eine Stuhllehne gehängt hatte, eine Flasche Kartoffelschnaps, nach deren feierlicher Übergabe er das Bett bestieg. Das allein war der Grund von Minnas Erregung. Diese Vorfreude auf etwas, was in ihrer Wunschliste ganz oben stand, begleitete sie durch die ganze Woche. Und es kostete sie ein fast übermenschliches Maß an Selbstbeherrschung, bei Pieks Eintreten und seiner theatralischen Begrüßungszeremonie nicht aus dem Bett zu springen und ihm die Flasche aus der Tasche zu reißen. Danach hätte er wieder verschwinden können.

Doch war es so gut wie sicher, dass er dann nie wieder erschienen wäre. Und das wollte sie auf keinen Fall riskieren. So ließ Minna Sonntag für Sonntag heldenhaft diese Prozedur über sich ergehen, ertrug seine zweideutigen Bemerkungen und streichelte ihren Magen, der sich umdrehte beim Geruch des Rosenwassers, den sie ekelhaft fand. Damals, als Piek anfing mit seinen Besuchen, hatte sie manchmal in sich hinein gehorcht und versucht irgendeine Gefühlsregung zu entdecken. Es hätte die ganze Sache einfacher gemacht. Doch die Hormonproduktion, derer es dazu bedurft hätte, fand in ihrem ausgetrockneten Unterleib nicht mehr statt, wenn dies überhaupt jemals der Fall gewesen war. Erinnern konnte sich Minna nicht daran.

Mit den Zähnen reißt sie den Korken aus der Flasche und lauscht auf das kräftige Bloppgeräusch. Sie liebt diesen Urlaut und spürt fast körperlich die Anwesenheit des schlummernden Flaschengeistes. Flaschen mit Schraubverschluss sind ihr ein Gräuel, doch ist ein gänzlicher Verzicht auf deren Inhalt unmöglich, wenn sie nicht die ganze Woche auf dem Trockenen sitzen will.

Es war keine Frage der Sorte, sondern der Umdrehungen, nach der Lotte die wöchentliche Schnapsration für ihre Tante im Dorfkonsum auswählen musste. Doch nichts kam auch nur annähernd an die sechzig Prozent von Arthur Gurkes Kartoffelschnaps heran. Leider war er für Minna zu teuer. Und so war und blieb sie die Sklavin ihrer Sucht, Metze eines alten Lüstlings, von dem sie sich mit Kartoffelschnaps dafür bezahlen ließ, dass er Sonntag für Sonntag in ihr Bett krabbeln durfte. Ihr Bett, ihre Zufluchtsstätte, in der sie sich verkroch, weil sie nichts mehr hatte, wozu es sich aufzustehen lohnte. Ihr Bett, ihre Brutstätte von Schmutz und Gestank, in der sie Piek herumschnüffeln ließ wie einen alten Köter, der nichts Ordentliches mehr zu beißen bekommt und, sich am Geruch fremden Futters weidend, in Erinnerungen schwelgt. Denn der Inhalt von Pieks blütenweißem Baumwollschlüpfer war genauso tot wie ihr brüchiger Unterleib.

Diese Symbiose, die beide miteinander eingegangen waren, erwies sich, obwohl sie im Grunde eine gegenseitige Abneigung verspürten, beständiger als die heißeste Liebesbeziehung. Sie brauchten einander, jeder auf seine ganz spezielle Art, allerdings mit dem Unterschied, dass Minna sich über ihre Gefühle vollkommen im Klaren war, während Piek sich nicht eingestehen wollte, dass er nur des überwältigenden Gestankes wegen zu Minna kam. Er fühlte sich als Casanova und ließ sich diese tolle Lebensrolle auch nicht von sich selbst zerstören.

Minna lässt das feuchte Ende des Korkens auf dem Rand der Flaschenöffnung kreisen, ein wunderbarer Ton entsteht. Es ist die Stimme des Flaschengeistes, der sie nach ihren Wünschen fragt.

„Nur einen“, sagt sie und setzt die Flaschenöffnung an ihre Lippen. Es gluckst ganz leise, als die Luft entweicht und der Schnaps aus der Flasche läuft.

Minna setzt ab und taxiert mit der Zunge den Inhalt ihrer Mundhöhle, in der sie die Flüssigkeit durch komisch anmutende Drehbewegungen der Mundpartie hin und her schwenkt. Sie ist zufrieden, der Schnaps hat mindestens seine sechzig Prozent und fühlt sich trotzdem wunderbar samtig an, ein Fest für ihre Zunge, die wie in einem Schaumbad schwimmt. Jetzt erst öffnet Minna die Schleuse zur Speiseröhre und befördert den Schnaps in kleinen Schlucken abwärts. Es ist wie ein Vulkanausbruch, als die Flüssigkeit die Wände der Speiseröhre benetzt und sich gurgelnd einen Weg durch die verknorpelte Zisterne in die Abgründe bahnt, um endlich von dem weit geöffneten Mageneingang dankbar in Empfang genommen zu werden. Eine winzige Dampfwolke weht aus Minnas Mund, als der Kartoffelschnaps zischend in ihren Magen tropft und die kalte Wut, die sich darin angestaut hat, verdrängt. Sie hält Piek, der es sich neben ihr bequem gemacht hat, die Flasche unter die Nase. Der lehnt dankend ab, weil sein Magen noch immer an den Folgen des gewaltsamen Aufwachens kränkelt.

Diese Tatsache wird ihm erst jetzt richtig bewusst. Die sauerstoffarme Luft, die Bettwärme, all das macht ihn müde, und er muss sich ordentlich zusammenreißen, um nicht einzuschlafen. Dieser Sonntag ist nicht sein Tag. Halbherzig streichelt er Minnas schlaffe Brüste, schnuppert in ihren Achselhöhlen herum und flüstert ihr Obszönitäten ins Ohr. Was ihm sonst so viel Freude bereitet, strengt ihn an diesem Morgen dermaßen an, dass er zu schwitzen beginnt. Piek hasst es zu schwitzen und unreine Körpergerüche auszuströmen. Die mag er nur an anderen Menschen. Er stellt seine Aktivitäten ein und verbringt den Rest seiner Besuchszeit schweigend. Er sitzt bewegungslos neben Minna, die sich zwar wundert, aber doch recht zufrieden ist. Um punkt halb zehn klettert Piek aus dem Bett und kleidet sich an. Er hat beschlossen den Gottesdienst um zehn Uhr zu besuchen, um den Tag irgendwie herumzubringen.

3

Lotte, die mit vollem Namen Lotte Lanze heißt, war schon geraume Zeit vorher aufgebrochen. Unbemerkt hatte sie das Zimmer verlassen und auch die Treppe ohne das geringste Geräusch passiert. Lotte war gewichts-, ja fast schwerelos, ihr aerodynamischer Körper so dünn, dass sie bei etwas stärkerem Wind wie ein Papierflugzeug abzuheben drohte. Aus diesem Grunde hatte sie bei so gefährlichen Wettern immer ein paar mittelgroße Feldsteine bei sich, die sie in einem eigens dafür angefertigten Rucksack auf dem Rücken trug. Dieses Gewicht bot zwar den Vorteil sie am Boden zu halten, hatte aber den Nachteil ihren ohnehin schon krummen Rükken noch mehr zu biegen und ihre zerbrechliche Wirbelsäule an den Rand der Belastbarkeit zu bringen.

Lotte gehörte zu jenen Menschen, die in absoluter Naivität ihre Lebensbahn bereisten. Vollkommen unfähig Schlechtes zu tun, zog sie das Böse magisch an und war stets Zielscheibe irgendeiner Intrige oder gemeinen Hinterlist, die ihre Ahnungslosigkeit schamlos ausnutzte.

Lotte ist das geborene Opfer und steckt als solches schon wieder mitten drin im Schlamassel, auf den sie an diesem Sonntagvormittag zielstrebig zumarschiert, wobei sie zwei türkenbraune Augen beobachten, dessen Besitzer sich hinter der Gardine eines Küchenfensters verborgen hält.

An diesem Tag benötigt Lotte ihren Rucksack nicht. Die Luft ist vollkommen bewegungslos und so heiß, dass man die weiter entfernt liegenden Häuser an der Dorfstraße tanzen sieht. Trotz der Hitze trägt Lotte ein ebensolches Kopftuch wie ihre Tante – es konnte ihr nie warm genug sein. Das bisschen Fleisch, das sie auf den Knochen hatte, musste ohne den Schutz einer Fettschicht auskommen, bedeckt nur von einer pergamentartigen, fast durchsichtigen Haut, die allein nicht in der Lage war, mit der Körpertemperatur zu haushalten und alle erzeugte Wärme sofort nach außen abgab. Lotte war gezwungen sich im Sommer winterlich anzuziehen. Im Winter kleidete sie sich nach sibirischer Tradition und war doch immer dem Erfrieren sehr nahe, wenn die Temperaturen in die Minusgrade sanken.

Lotte Lanze ist auf dem Weg zur Kirche, um die Glocke für den Gottesdienst zu läuten, der um zehn Uhr beginnen soll. Das Läuten muss eine Stunde vorher und dann im Halbstundentakt geschehen, was für Lotte eine Schwerstarbeit ist, der sie sich aber mit vollkommener Hingabe widmet. Sie ist die Glöcknerin, pflegt den Friedhof und schmückt die kleine Kapelle zu besonderen Anlässen feierlich aus.

Eine erste Schwierigkeit besteht darin, die riesige Kirchentür zu öffnen, deren Größe ein Indiz für die hünenhafte Statur jener Menschen ist, die das Dorf in grauer Vorzeit besiedelten. Lotte stemmt sie gerade so weit auf, dass ihr Körper durch den schmalen Spalt hindurchpasst und schlüpft schnellstens hinein, um nicht zerquetscht zu werden. In dem kleinen Vorraum zur Kapelle befinden sich der Treppenaufgang zum Glockenturm und das Seil zur Bedienung der Glocke. Lotte rückt ihr Kopftuch zurecht, verschnürt es mit einem Doppelknoten und spuckt in ihre Hände. Nachdem sie die klebrige Flüssigkeit gut verteilt hat, geht sie die Treppe, welche sich unmittelbar neben dem Seil befindet, bis zur achten Stufe hinauf. Von da aus springt Lotte an das Seil, das sich träge, fast verächtlich nach unten bewegt und die Glocke in Schwingung versetzt. Es ist für Lotte nicht möglich dies stehend, vom Boden aus zu tun. Dazu reicht die Kraft ihrer stöckerigen Arme nicht aus. Aber so, am Seil hängend, bringt sie die Glocke, die schon nach den ersten Bewegungen eine Eigendynamik entwickelt, ganz allmählich in Schwung. Und wenn die „Dicke Emma“ dann richtig in Aktion ist, gibt es für Lotte nichts Schöneres, als mit ihr gen Himmel zu jagen, um kurz darauf in rasantem Tempo wieder abwärts zu fahren. Manchmal gelingt es Lotte ihre Gefühle zu unterdrücken und schweigend, in vollkommener Bewegungslosigkeit, als willenloses Werkzeug die Achterbahnfahrt zu überstehen, nämlich immer dann, wenn sie ihre Pflicht anlässlich einer Beerdigung ausübt. Doch an diesem Tag gibt es keinen Grund zur Traurigkeit. Jauchzend und zappelnd hängt Lotte an der Nabelschnur zur göttlichen Stimme, hoch- und runtergerissen von jenem ohrenbetäubendem „Bim“ und „Bam“, das so zu erzeugen nur sie in der Lage ist.

Nur Lotte konnte in ihrer jungfräulichen Naivität derart vollkommen mit den himmlischen Mächten verschmelzen, dass der Singsang der Glocke sich wie der glückseligmachende Inhalt eines märchenhaften Füllhorns über das Dorf ergoss. Lotte war die Wiedergeburt der legendären Jungfrau von Orleans, nur wusste niemand etwas davon, am allerwenigsten sie selbst. Dabei war auch Lotte von einem tiefen Gottvertrauen beseelt, doch hatte ihr Glauben etwas Zerstörerisches, weil ihr Gott ein strafender war und sie, vor lauter Angst etwas falsch zu machen, seine Stimme nicht hörte.

Lotte fühlte sich schuldig, wenn sie Tante Minnas vollgekackten Eimer nicht rechtzeitig entleert hatte. Sie fühlte sich schuldig, wenn der Schnaps, den sie im Konsum gekauft hatte, nicht nach Tante Minnas Geschmack war. Sie fühlte sich schuldig, wenn Tante Minna hustete, weil sie das Fenster länger als zwei Minuten offen gelassen hatte. Sie fühlte sich schuldig, weil sie so dünn war, obwohl sie so viel fraß, dass man dafür noch ein Schwein hätte mästen können. Jedenfalls behauptete das Minna Zott, wenn Lotte es wagte sich mehr als eine Pellkartoffel auf den Teller zu legen. Und wenn Tante Minnas Lippen das Wort Schwein formten, vibrierten sie voller Hochachtung, so dass Lotte im Geiste alle Schweine dieser Welt um Vergebung für ihre Gefräßigkeit bat und beschämt die zweite Pellkartoffel in den Topf zurücklegte. Dabei kam sie gar nicht auf den Gedanken, dass ihre zwei Pellkartoffeln ein Weniges von den acht Pellkartoffeln waren, die Minna zu jeder Mittagsmahlzeit verschlang. Und es waren gewiss nicht die kleinsten Knollen, die auf deren Teller landeten.

In Lotte war der Same der Erleuchtung gepflanzt. Doch kein Lichtstrahl fiel auf sein trübes Beet, es blieb ihm unmöglich grüne Blätter auszutreiben. Was für eine brisante Wende wäre in der Geschichte eingetreten, wenn Lotte die Stimme ihres Herrn vernommen hätte! Als „Lanzelotte", der Jungfrau von Vorpommern, sollte sie das Heer der Bauern in die Schlacht führen, in jenem heißen Sommer einundsechzig. In der rechten Faust den Dreschflegel und in der linken die Bauernfahne mit dem Emblem des Regenbogens, der den schwarzen Gummistiefel bekränzt. Der Schlachtruf „Auf nach Berlin, treibt die roten Horden zum Brandenburger Tor hinaus!" wäre dem Bauernheer kilometerweit vorausgehallt, zum großen Schrecken der Feinde. Und dann, endlich in der Hauptstadt angekommen, hätten Lanzelotte und ihre Kämpfer alles platt gewalzt, was sich ihnen entgegengestellt hätte und die Stasi-Kommunisten, mittels fauler Eier, in den Westen gejagt.

So hätte es sein können, aber die Umstände waren dagegen. Lotte bediente nur die sehr irdische Stimmlippe des Herrn und war unter deren Getöse schwerhörig geworden.

Die Glocke ist gerade auf dem Höhepunkt ihrer Geschwindigkeit angelangt, als sich die schwere Eingangstür quietschend öffnet.

Lewerenz hatte es zu Hause nicht mehr ausgehalten und kam, um dem Gezänk seiner unzufriedenen Ehefrau zu entfliehen, viel zu früh an seinen Arbeitsplatz. Normalerweise pflegte er aus solchem Anlass in seinen Keller hinabzusteigen, wo eine große Menge der besten Weine lagerte. Aber in letzter Zeit häuften sich die Ausbrüche seiner Frau derartig, dass er mehr Zeit im Keller als in seiner Wohnung verbrachte. Er fand es unmännlich, sich wie eine Ratte im dunklen Loch zu verkriechen. Außerdem war ihn so ein seltsames Gefühl angesprungen, als er Lotte auf dem Weg zur Kirche beobachtete. Und so hatte er beschlossen lieber seinen Instinkten zu folgen statt abzutauchen.

Er betritt den Raum und sieht dem seltsamen Schauspiel neugierig zu. Lotte, die vollkommen abgeschottet in dem Getöse hängt, kommt gerade im Sturzflug nach unten gesaust und bietet Einblicke, die der Pastor seit langem schmerzlich vermisst. Zum ersten Mal bemerkt er, dass Lotte eine Frau ist, deren weibliche Attribute zwar auf ein Mindestmaß reduziert, aber doch vorhanden sind und einem Ehemann, dessen Frau die höchste eheliche Pflicht verweigerte, zumindest teilweise einen angenehmen Ersatz bieten kann.

Lotte hat sich vollkommen ahnungslos den Elementen ausgeliefert und könnte Lewerenz, selbst wenn sie nach unten sehen würde, nicht entdecken, da ihre weiten Röcke durch die Zugluft nach oben wehen und über ihrem Kopf knatternd zusammenschlagen, so dass sie wie das Gegenstück der Frau ohne Unterleib aussieht. Lewerenz taxiert ihre Schenkel, deren weißes Fleisch zwischen dem Ansatz der verrutschten Baumwollstrümpfe und dem Rand der Schlüpferbeine schimmert und rechtfertigt das enttäuschende Ergebnis damit, dass er sie ja nicht essen wolle. Außerdem interessiert er sich viel mehr für den Inhalt des aufgeblähten Schlüpfers, der allem Anschein nach zu einer ganz anderen Person gehört. Lottes Reizwäsche stammt ausschließlich aus den abgelegten Beständen ihrer Tante und ist um einige Konfektionsnummern zu groß. Um sie passend zu machen, hat Lotte die Schlüpfergummis gekürzt, was aber auf die Beinöffnungen, durch welche der Fahrtwind ungehindert pfeift, keinen Einfluss hat. Lottes Fahrgestell füllt nicht einmal ein Drittel der riesigen Röhren aus und baumelt hilflos in den schwarzen Löchern, die wie gigantische Mäuler aussehen, welche ein Opfer verschlingen, von dem gerade noch die Beine herausgucken.

Lotte ist nun an den Punkt gelangt, wo sie loslassen muss, um die Glocke langsam wieder zum Stillstand zu bringen. Was für jeden anderen ein waghalsiges Unterfangen dargestellt hätte, ist für Lotte eine freie Kür. Sie fällt nicht, nein, sie schwebt, die

Arme senkrecht nach oben gestreckt, sodass sich ihre Fingerspitzen berühren, flattert sie, unterstützt vom Flügelschlag ihrer Röcke, wie ein kleiner Engel sanft zu Boden. Geistesgegenwärtig rettet sich Lewerenz mit einem Seitensprung. Lotte freut sich über die unerwartet frühe Gesellschaft und setzt sich auf ein kleines Bänkchen um auszuruhen.

Lewerenz streift den weiten Ärmel seines Talars zurück und sieht auf seine Armbanduhr. Bis zum nächsten Läuten bleiben ihm genau zwanzig Minuten. Danach ist es zu gefährlich noch etwas zu versuchen, weil die Mitglieder seines „Katzenchores“ immer recht früh eintreffen, was sie mit der Begründung, sich die besten Plätze sichern zu wollen, rechtfertigen. Es ist aber eher die Freude am Tratschen mit ihren Gesinnungsgenossinnen, was sie so früh in die Kirche treibt, da ihnen die besten Plätze in der ersten Bankreihe für gewöhnlich niemand streitig macht.

Lewerenz setzt sich neben Lotte und versucht sich mit Anspielungen über Eva, die Adam mit dem Apfel verführte, heranzutasten. Er lobt Lottes hübsche Figur und kriecht ganz dicht an sie heran, wobei er ihre Hüfte umschlingt und seinen dicken Kalbskopf direkt vor ihr kleines Köpfchen schiebt. Ein Schwall heißen, unreinen Atems trifft Lottes kaltes Gesicht und kondensiert zu kleinen Wassertröpfchen. Für Lewerenz sind es Schweißperlen und Antrieb sich noch mehr ins Zeug zu legen. Lotte ist in all den Jahren dem Pastor noch nie so nahe gekommen und betrachtet interessiert den Inhalt seines Mundes, der sich wie ein großes, schwarzes Loch vor ihr öffnet. Sie sieht die erschreckende Verwüstung darin und freut sich der beiden scheinbar intakten Backenzähne im Unterkiefer, die jeder für sich auf verlorenem Posten dem wackeren Manne die Treue halten. Wie musste dieser Mensch, der so stark und unerschütterlich wirkte, leiden. Voller Anteilnahme erwidert Lotte den Druck seiner Hände und beginnt ihm über den Rücken zu streichen, wie einem Kranken, dem man den Schmerz lindern möchte. Für den Pastor ist dies eine Bestätigung seines Tuns. Er beschließt, die Sache etwas weniger umständlich und zeitsparender voranzutreiben. Kurzerhand schlägt er Lottes weiten Glockenrock zurück und schiebt seine behaarte Pranke in das weitverzweigte Labyrinth ihrer Schlüpferröhre. Er ist überrascht, dass sie alles so widerstandslos geschehen lässt.

Lotte, die niemals den Hauptunterschied zwischen Mann und Frau zu Gesicht bekommen hatte, ja nicht einmal wusste, dass so etwas existierte, ist glücklich über die Freundlichkeit des Pastors. Den fauligen Geruch seines Atems nimmt sie nicht als Gestank wahr. Ihre Geruchszellen gehen Tag für Tag durch eine viel härtere Schule der menschlichen Ausdünstungen. Und auf den Gedanken, dass Lewerenz selbst die Schuld an Fäulnis und Verfall in seinem Mund trägt, wäre sie in ihrer Gutgläubigkeit nie gekommen.

Lotte weiß nichts von Sexualität, außer dass dies ein ungewöhnlich klingendes Wort war. Mit ihren fünfunddreißig Jahren nimmt sie es als selbstverständlich hin, dass der Klapperstorch die Kinder bringt. So hatte man es ihr als Kind gesagt, und seither war nichts geschehen, was ihre Meinung geändert hätte. Ihre Tante, zu der sie mit fünf Jahren gekommen war, hatte sich nie die Mühe gemacht ihr derlei Dinge zu erklären. Sie war als Dienstbote, nicht als Tochter herangezogen worden und jede Gelegenheit in ihrer Jugend praktische Erfahrungen zu sammeln war mit Arbeitsaufträgen allerlei Art vereitelt worden.

Zum ersten Mal in ihrem Leben spürt Lotte menschliche Wärme und Anteilnahme. Sie ist der Mittelpunkt jemandes Bemühens, dessen Berührungen nicht zufällig sind und in ihr etwas auslösen, das sie nie gekannt hat. Ihre Dankbarkeit ist grenzenlos. Als Lewerenz sie packt und wie ein Beutestück in die Kapelle schleppt, ist Lotte so benommen von diesem neuen Gefühl, dass sie alles nur noch wie durch einen dicken Nebelschleier wahrnimmt und einfach geschehen lässt.

In einer versteckten Nische hinter dem Altar widerfährt Lotte etwas ganz Unerhörtes, etwas, das sich noch besser anfühlt als frische Erdbeeren mit Schlagsahne oder selbstgemachtes Pflaumenmus. Weil Lotte nicht weiß, welchen Namen dieses ergötzliche Spiel trägt, nennt sie es Versteckspiel. Lewerenz nennt es Kopulieren.

4

Kurz nach dem zweiten Glockenläuten treffen die ersten Besucher ein. Wie eine Schar gackernder Hühner flattern die Dorftratschen in die Kapelle und nehmen ihre Stammplätze ein, um die neuesten Geschichten auszubrüten, wobei sie ihre kleinen Schrumpfköpfe dicht zusammenstecken und im gleichen Takt nicken. Immer wenn sich die Tür öffnet, recken sich fünf trockene Hälse nach hinten, um sich unmittelbar darauf fast gleichzeitig wie eine Riesenwelle in die alte Position zurückzuwerfen und je nach Interessantheitsgrad den Neuankömmling zu ignorieren oder auseinander zu nehmen. Für gewöhnlich haben sie nicht oft die Gelegenheit dies zu tun und nehmen jedes Türgeräusch mit leidenschaftlicher Hingabe wahr. An diesem Sonntag aber erlahmt die Kraft ihrer Hälse und Zungen bald: das Türklappen nimmt kein Ende. In unaufhörlichem Strom drängen die Menschen in die Kirche und füllen den stillen Raum, durch den kurz zuvor noch Lottes verzückte Schreie gehallt hatten, mit einem immer mehr anschwellenden Gemurmel.

Lewerenz, der im Vorraum die Besucher begrüßt, macht sich durch seine außergewöhnlich gute Stimmung verdächtig. Er fühlt sich prachtvoll. Seine angestauten, lange verschmähten Körpersäfte hatten endlich wieder ein Gefäß gefunden, das sie dankbar entgegennahm. Außerdem scheint seine Idee des Regenbittgottesdienstes ein voller Erfolg zu werden. Selbst eingefleischte Verweigerer finden heute ihren Weg in die Kirche. Lewerenz fühlt sich als Missionar. Ein wenig Sorge bereitet ihm, dass die Tolle Elviera ihre sämtlichen Sprösslinge im Schlepptau hat. Er bittet sie vorsorglich gut auf diese zu achten, um unangenehme Zwischenfälle zu vermeiden – wie beim letzten Erntedankfest, als die kleinsten der Quengler die köstlichen Dankesgaben fast vollständig vernichtet hatten. Lewerenz versucht die kalte Wut zu unterdrücken, die immer noch in ihm aufsteigt, wenn er an diesen schwarzen Sonntag denkt. Und da, da linst er ja auch hinter dem Rockzipfel seiner Mutter hervor, dieser schlimmste aller Gartenzwerge, Michael mit der ständigen Schnoddernase.

Wie ein Affe war das kleine Monster bis in die Kanzel geklettert, die Hosentaschen voller Tomaten, mit denen es von seinem Hochsitz herab die Leute bombardierte. Unten matschten und hopsten seine kleinen Schwestern zwischen all den herrlichen dunkelgrünen Gurken, violetten und blauen Pflaumen (die violetten waren besonders saftig), den knallig roten Papageiäpfeln und den samtig schimmernden gelben Butterbirnen herum.

Lewerenz fragt sich noch immer, warum er diesem Treiben nicht eher Einhalt geboten hatte. Wie gelähmt hatte er vor dem Altar gestanden und zugeschaut, auch dann noch, als sich die anderen Kinder von ihren Müttern losgerissen hatten und sich ebenfalls in das Matschvergnügen gestürzt hatten. Er weiß nur, dass es ihm unmöglich gewesen war einen klaren Gedanken zu fassen. In seinem Kopf hatte ein einziger Satz gehallt, wieder und wieder, hatte sich überschlagen und sich an den Wänden seiner Schädeldecke gebrochen: „Lasset die Kindlein zu mir kommen!“ Das Klatschen einer Tomate, die ihn mitten im Gesicht traf und auf seiner Nase zerplatzte, hatte ihn ins Leben zurück gerufen und stellte seine Handlungsfähigkeit wieder her. Schuld an diesem Desaster, davon war er überzeugt, war die alte Lewin, die ihm das bisschen Grünzeug nicht gönnte.

Gewiss hatte Karoline Lewin dem Pastor einen Denkzettel verpassen wollen, aber einen derartigen Tumult auszulösen war nie ihre Absicht gewesen. Solange sich Karoline erinnern konnte, wurden die reichlichen Erntedankgaben, welche die Bauern zum Erntedankfest in die Kirche brachten, nach dem Gottesdienst an die Kinder verteilt. Lewerenz brach mit dieser Tradition und schleppte, schon im Jahr seines Amtsantritts, die gesamten Vorräte in sein Haus, wobei ihn Lotte, die für ihre Dienste mit drei blauen Pflaumen belohnt wurde, kräftig unterstützen musste. Dabei hatte Lotte ihren Traum, einmal eine von den gelben Butterbirnen geschenkt zu bekommen, nie aufgegeben, obwohl sich die Höhe des Pflaumenlohnes inzwischen schon auf zwei reduziert hatte, da die Gaben der Bauern, die keine Lust verspürten ihren Pfarrer fett zu füttern, mit den Jahren immer magerer ausfielen. Karoline Lewin brachte ihren Unmut über die Praktiken des Pfarrers anders zum Ausdruck. Im vergangenen

Sommer hatte sie sich Kürbiskerne der Sorte „Giganto Ballonus“ besorgt und daraus einige schöne Pflanzen herangezogen, deren kräftigste sie auf ein ganz besonders sorgsam vorbereitetes Mistbeet setzte. Bester, gut abgelagerter Pferdemist, versetzt mit ein wenig frischem Kuhdung, waren die Grundlage ihrer Zuchtstätte. Die Krönung dieser nahrhaften Brutstätte aber war eine Zutat, über deren Wunderkräfte Karoline in einem ihrer Romane gelesen hatte und deren Beimengung sie unter strengster Geheimhaltung vollzog. Es war dies der am unangenehmsten stinkende und ekligste aller Stoffe, die einen Säugetierkörper durch den Hinterausgang verlassen – Menschenkot. Dieser Leckerbissen aller Grünpflanzen entpuppte sich als Superkatalysator für Karolines Kürbispflanze und ließ diese über Nacht zu einem urzeitlichen Mammutgestrüpp gedeihen, welches eine Vielzahl der prächtigsten Blüten trieb, aus denen Karoline wiederum nur die kräftigsten auswählte.

Von den sich entwickelnden Früchten ließ sie die größte in eine eigens dafür angefertigte Form aus Draht, Schafwolle und allerlei anderen Zutaten wachsen, die sie mit fortschreitendem Wachstum der Frucht immer wieder erneuern und vergrößern musste. Eine sehr aufwendige Arbeit, mit deren Ergebnis sie aber in höchstem Maße zufrieden war. Es war ein triumphaler Moment, als Karoline die Form entfernte und ihren Zögling aus der Distanz betrachtete. Er hatte genau die Form, die sie angestrebt hatte. Wie ein riesiger Arsch lag der Kürbis da und glänzte in der Sonne. Er war mindestens dreimal so groß wie das Hinterteil eines erwachsenen Menschen. Die schöngeformten Backen gingen unten herzförmig auseinander und ruhten breit und behäbig, fast grinsend, auf der im Morgentau dampfenden Erde.

Um das Prachtstück in die Kirche zu transportieren hatte Karoline die Hilfe Joachim Gurkes in Anspruch nehmen müssen, da sämtliche Mitglieder ihrer Familie sich weigerten diesem fleischgewordenen Protest ihre Hand zu leihen. Als Karoline und Joachim zu jenem Erntedankfest als Letzte die Kirche betraten, war die Gemeinde fast vollständig versammelt und Lewerenz im Begriff seine Predigt zu beginnen. Sie schob den Jungen vor den Altar, wo er den „Giganto Ballonus“ ablegte, und setzte sich zu ihrer Familie, die mit versteinerten Gesichtern auf den Wutausbruch des Pfarrers wartete. Aber es geschah nichts dergleichen. Lewerenz zog es vor ihr diesen Triumph durch Gleichgültigkeit zu vermiesen und lieber ein weiteres Magengeschwür zu riskieren, als auch nur eine Regung zu zeigen. Nachdem er einen kurzen Seitenblick auf das Gemüse geworfen hatte und mit Schaudern die frappierende Ähnlichkeit zu lebenden Vorbildern feststellte, begann er seine Predigt, die in dem immer lauter werdenden Getuschel und Gekicher seiner Gemeinde fast unterging.

Es war aber auch ein zu groteskes Panorama, welches sich da den Zuschauern bot: Stillleben mit Arsch. Im Hintergrund, auf dem Altarbild, starb der Erlöser am Kreuz. Plötzlich war eine helle Kinderstimme zu hören. Sehr laut und voller Stolz auf seine Entdeckung, rief der kleine Michael:

„Mama, guck mal, da liegt den Pastor sein nackter Popo!“ Und dies war das Ende des Erntedankfestes gewesen. Niemals würde Lewerenz diese Schmach vergeben.

Der Pastor verscheucht die schwarzen Gedanken und versucht sich auf die Gegenwart und den Regenbittgottesdienst zu konzentrieren. Motiviert vom zahlreichen Erscheinen der Leute, läuft er zur Höchstform auf. Alle wollen dabei sein und mit ihm gemeinsam den Herrn um Regen anflehen, so glaubt er. Wahrscheinlich würde ihm dieser Glauben ins Wackeln geraten, wenn er einen Blick in die Kapelle riskierte, wo man sich um die hinteren Plätze fast zu balgen scheint.

Es ist anders als bei Hochzeiten und Kindstaufen, bei denen man dem Brautpaar oder dem Kindlein möglichst nah sein will, um sich Mienenspiel und Ausstattung für anschließende Erörterungen gut einprägen zu können. Anders auch als zu Beerdigungen, bei denen der Sarg ganz genau begutachtet und taxiert werden muss. Bei diesem Regenbittgottesdienst würde es nichts besonderes zu besichtigen geben und das Genuschel des Pastors ist vorne auch nicht besser zu verstehen als hinten. Die hinteren Plätze aber bieten allen Komfort eines guten Verstecks. Lewerenz kann von seiner Position am Altar nicht erkennen, was sich dort abspielt. Aber genau das, was sich dort abspielen soll, ist überhaupt der Grund, aus welchem die meisten der Anwesenden gekommen sind. Denn nach der wochenlangen Hitze, vor der es keine Rettung zu geben scheint, schon gar nicht in den aufgeheizten Zimmern der Häuser, freuen sich die Menschen auf einen Platz, an dem sie endlich für ein Stündchen zur Ruhe kommen und ein wenig übernicken können. Die dicken Feldsteinmauern der Kapelle könnten selbst afrikanischen Temperaturen Paroli bieten und umfangen die Ermatteten mit einer lange entbehrten Annehmlichkeit: Kühle. Als Lewerenz zu predigen beginnt, sind die ersten bereits eingenickt.

Johanna Fleck, die sich selbst in der Kirche von ihrem Spinnrad nicht trennt, hält dieses fest umklammert auf dem Schoß. Ihr Kopf ist auf die Spindel gesunken und befindet sich in genauer Position um ihren Atem, der pfeifend aus den Nasenlöchern schießt, in Richtung des großen Rades zu lenken, welches sich nach jedem Treffer ein kleines Stück vorwärts bewegt. Neben Johanna sitzt Erna Gurke und betäubt alle sich in ihrer unmittelbaren Nachbarschaft Befindenden mit einer enormen Alkoholfahne. Eigentlich ist Erna ganz munter, doch die rhythmischen Bewegungen des Spinnrades, von denen ihr Blick magisch angezogen wird, üben eine hypnotische Wirkung aus, der sie nach spätestens zehn Minuten erliegt.

Lewerenz liest die Geschichte von den sieben fetten und den sieben mageren Jahren. Er findet es sehr passend den Bauern ein wenig Angst zu machen und sie so vielleicht zu etwas mehr Frömmigkeit anzuhalten.

Die Tolle Elviera ist ihrem Versprechen, auf die Kinder zu achten, anfangs konsequent nachgekommen. Nun, da diese schlafen, beginnt sie sich zu langweilen, dreht ihren Kopf unruhig in alle Richtungen und entdeckt in der letzten Bankreihe, auf einem Platz direkt an der Wand, Klaus Wackernagel, der sich ebenfalls langweilt und ihr unzweideutige Zeichen macht. Elviera krabbelt unter den Bänken hindurch und verschafft sich Platz, indem sie die Füße der Schlafenden vorsichtig beiseite schiebt.

Wackernagel sitzt neben seinem Opa, der von Kasslerbraten mit Salzkartoffeln und Sauerkraut träumt. Seine Tochter hat ihn als Aufpasser für seinen Enkel in die Kirche geschickt, da sie ihrem Sohn inzwischen jede Schandtat zutraut. Die auffällige Ähnlichkeit zwischen Elvieras Jüngstem und den Wackernagels war Dorfgespräch. Klaus zählt erst neunzehn Jahre und ist von einem so enormen Begattungstrieb beseelt, als müsse er den Fortbestand der Wackernägel für die nächsten zweihundert Jahre sichern. Seine Umtriebigkeit macht ihn zum Alptraum aller Mütter, deren Töchter sich im heiratsfähigen Alter befinden. Aber bei Elviera ist Klaus genau richtig. Mit geübten Bewegungen klettert sie auf seinen Schoß und verbringt dort einen angenehmen Gottesdienst.

Auch Karoline Lewin ist gekommen. Sie sitzt in einer der vorderen Bankreihen, während Else und Karl Lewin es vorgezogen haben weiter hinter Platz zu nehmen. Obwohl eine solche familiäre Trennung durchaus nicht üblich ist, hatte sich Karoline nicht davon abbringen lassen vorne zu sitzen. Sie bestand darauf dem „Nuschler“ in den Mund gucken zu können und erzeugte damit in Else ein unheilvolles Gefühl. Ihr schwante nichts Gutes.

Mit großen Gesten und Verrenkungen beschwört Lewerenz seinen Herrgott den Sündern zu vergeben, wobei er nicht mit Anspielungen auf jenes Erntedankfest spart, bei dem das Gotteshaus zum Schweinestall verkommen war. Ohne dass er einen Namen nennt, weiß jeder der noch Wachenden, wessen Sünden da angeprangert werden. Der Geist des „Giganto Ballonus“ schwebt im Raum.

Lewerenz hatte sich nicht geniert den riesigen Kürbisarsch in sein Haus zu schleppen. Das vorzügliche Gemüse war in den verschiedensten Zubereitungsformen auf den Tisch gekommen und sein außerordentlich guter Geschmack konnte als kleine Entschädigung für die erlittene Schmach genossen werden.

Lewerenz ist kurz davor seine Schilderungen zur atomaren Invasion zu steigern, als sich zufällig eine Blickschneise auf den Platz an der Wand, in der letzten Bankreihe öffnet. Obwohl sich diese Schneise sofort wieder schließt, nimmt Lewerenz etwas wahr, was er für ein Zeichen hält. Der Herr hat ihm eine Vision gesandt und diese besteht darin, ihm in der letzten Bankreihe, auf dem Platz an der Wand, ein splitternacktes Hinterteil erscheinen zu lassen. Lewerenz deutet dies als Abmahnung und geht zu gemäßigteren Tönen über. Er fordert die Leute auf sich bei den Händen zu fassen und so eine magische Kette zu bilden, durch deren Kraft die Eindringlichkeit der Gebete um ein Vielfaches verstärkt würde. Eine unlösbare Aufgabe, welche die wenigen, die noch nicht eingeschlafen sind, vor ein Problem stellt. Um dem Pastor den Spaß nicht ganz zu verderben, ärmeln die Wachenden ihre schlafenden Nachbarn einfach unter.

Als auf der Empore Orgelklänge einsetzen, meinen einige, den Sinn dieses seltsamen Verhakens gefunden zu haben und beginnen zu schunkeln. Karoline Lewin schunkelt nicht. Sie streckt ihren Arm demonstrativ in den leeren Gang, und weil sich von gegenüber keine Hand zum Festhalten bietet, schwenkt sie ihn in rhythmischen Bewegungen zum Takt der Musik. Lewerenz fühlt wieder die kalte Wut in sich aufsteigen.

Direkt hinter Karoline sitzt Piek Ass, der, obwohl er sich anfangs dagegen gewehrt hatte, das Stückchen Schlaf nachholt, welches ihm Joachim Gurke in der Frühe geraubt hatte. Mittlerweile neigt sich sein Schlafbedürfnis dem Sättigungsgrad entgegen, es fällt in die Endphase und befindet sich bedrohlich nahe am Ziel. Piek Ass ist eine tickende Zeitbombe.

Die Orgelklänge sind verhallt und Karoline zieht ihren erlahmten Arm wieder ein. Lewerenz spricht ein letztes Gebet und reckt seine Arme theatralisch gen Himmel, wobei ihm die weiten Flügelärmel des Talars das Aussehen eines großen Raben verleihen.

„Herr, lasse dein Volk nicht länger darben“, spricht er.

Da kündigt sich in Pieks Eingeweiden das an, wovor er sich am meisten fürchtet.

„Erquicke Mensch und Tier mit dem reinigenden Wasser des Himmels und wasche sie rein von allen Sünden“, fleht Lewerenz.

In Pieks Bauch rumpelt und pumpelt es, als hätte er Wackersteine gefressen. Eine Feuersbrunst fegt durch seine Innereien.

„Schicke Regen, und sei es auch mit Blitz und Donner“, ruft Lewerenz. Da befreit sich Pieks Körper von den ungesunden Gasen, indem er sie mit einem ganz ungeheuren Knall durch den Hinterausgang katapultiert. Durch den mächtigen Druck wird Piek ordentlich ein Stück von der Bank gehoben und erwacht.

Als wäre dieser unanständige Knall nicht schon genug, schwingt sich das Geräusch bis zur Decke des Raumes empor und erzeugt ein vielfaches Echo, das zurück an die Wände prallt, erneut in die Höhe schwingt und sich genau an der Stelle sammelt, an welcher die Kapellendecke besonders porös und angegriffen ist. Die Geräuschbombe hat die Kraft einer Windhose entwickelt und beraubt die Decke ihrer Farbe, welche in großen weißen Flocken herunterrieselt und dem Pastor nicht nur die Flügelärmel füllt, sondern ihm auch das Aussehen eines Schneemanns verleiht.

Alle sind erwacht und starren erschrocken auf Lewerenz, der ein Bild des Jammers abgibt. Tödliche Stille beherrscht den Raum. Piek, der weiß, dass er der Verursacher dieses Chaos ist, würde sich am liebsten unter die Bank verkriechen und wagt kaum zu atmen. Da peitscht Karolines Stimme durch die Stille:

„Herr Pastor“, ruft sie, „ich glaub, der liebe Gott hat sie nicht richtig verstanden. Wir brauchen Regen, aber watt sie da auf'm Kopp haben, is ja Schnee!“

Lewerenz kommt zu sich. Er öffnet die Augen. Von seinen Wimpern bröseln Schneeflocken.

„Du warst das“, brüllt er und richtet seinen Zeigefinger bedrohlich auf Karoline, die nicht recht begreift, was er damit meint.

„Nee, das war der liebe Gott“, kontert sie.

Lewerenz, der annehmen muss, dass seine alte Widersacherin die Detonation verursacht hat, nähert sich ihr in verzweifelter Wut. Er sieht so bedrohlich aus, dass Karl Lewin schon mal in Startposition geht, um notfalls einzuschreiten.

„Du warst das“, schreit Lewerenz abermals.

Seine Augäpfel sind zornig, sie wollen aus den Höhlen springen . Hinter den weit auseinandergerissenen, zahnlosen Kiefern des Pastors öffnet sich der Höllenschlund. Karoline ist ein bisschen mulmig zumute. Die Hölle befindet sich jetzt direkt vor ihrem Gesicht.

Plötzlich wird Lewerenz ganz ruhig. Dann beginnt er zu flüstern, sodass nur Karoline die Worte hören kann:

„Meine Rache wird furchtbar sein. Jede verdammte Nacht werde ich zum Friedhof kommen und auf dein Grab pinkeln, Karoline Lewin.“

Abschiede

1

Einen endlosen, kalten Winter überstehen, um im Frühling zu sterben, ist nicht eben angenehm. Der Abschied von einer grauen, erstarrten Welt fällt leichter als das Verlassen des Frühlings, den man so lange ersehnt hat. Im Frühling gehen, wenn die Säfte zu pulsieren beginnen und das Leben neu erwacht, heißt, das Leben doppelt verlassen. Die Tür öffnen und hinausgehen, und die Tür öffnen und hinausgehen, ohne nach dem ersten Hinausgehen wieder hineingegangen zu sein, oder so ähnlich.

In diesem Jahr kommt der Frühling pünktlich, er sitzt auf den Flügeln der Kraniche, die in endlosen Zügen ihre Lufthoheit behaupten und den Burschen respektlos runterschmeißen. Durch den harten Aufprall zerspringt er in tausend Stücke und verteilt sich gleichmäßig über Winterleichen und Zombies. Grün ist Trumpf.

Früher als die Kraniche war nur der Storch. Die Tolle Elviera hat sein Frühlingsgeschenk bereits erhalten. Fast scheint es, als wäre der Stoff, aus dem Leben besteht, nur in begrenzter Menge verfügbar. Einige Häuser weiter, bei den Lewins, wird die wertvolle Substanz bereits wieder eingefordert. Sie ist nur geliehen, ein Kredit, und je länger die Laufzeit, desto höher die Zinsen. Karoline Lewin hat vierundneunzig Jahre lang gezahlt. Die Bank fordert die Leihgabe zurück. Soll sie nur, die Zinsen der letzten Monate sind zu hoch, es gibt keinen Grund sie auch weiterhin zu zahlen.

Von drei leichteren Schlaganfällen hatte Karoline sich wieder erholt, vom vierten und letzten steht sie nicht mehr auf.

Wie seltsam die Gegensätze aufeinanderprallen. Durch die Fensterscheiben flutet das Sonnenlicht mit einer Üppigkeit, die den Tod herauszufordern scheint. Doch der lässt sich nicht herausfordern, zu sicher ist ihm diese Beute.

Das Bersten der Blutgefäße hat Karolines Glieder lahm gelegt, sie kämpft nicht mehr. Ihre eingefallenen Augen und Wangen kündigen das nahende Sterben. Alle Verrichtungen im Haus gehen mit halber Lautstärke vor sich. Nur die Wäscherolle im Flur ist nicht auf gemäßigtere Töne einzustellen.

Sie quietscht und rumpelt, und das um so heftiger, je schneller Betty die Kurbel dreht. Die Mahlzeiten verlaufen freudlos und schweigend. Appetit hat niemand, aber man muss essen, um den Tag zu überstehen.

Karoline isst nichts mehr. Sie schläft nur noch, einen ganzen Tag lang. Am nächsten Morgen ruft sie Karl und Else zu sich und nimmt ihnen ein Versprechen ab, das Karl nur gibt, weil er seiner Mutter am Sterbebett nicht den letzten Wunsch ausschlagen kann und weil ihm Else, seines langen Zögerns wegen, einen ordentlichen Knuff mit dem Ellenbogen versetzt.

Karoline stirbt am Nachmittag.

Einen Tag nach ihrer Beerdigung gilt es für Karl und Else, das gegebene Versprechen einzulösen. Nachts um halb eins klingelt der Wecker, seine phosphoreszierenden Zahlen scheinen aus dem Jenseits zu strahlen und markieren mit Leuchtfeuern das endlose Rund der Zeit. Else schaut aus dem Fenster. Es ist stockfinster. Kein Mond, kein Stern beleuchtet das tintenschwarze Szenario der Landschaft. Ein heftiger Wind jagt graue Wolken im Eilzugtempo über den Himmel, der so schmal ist, als wäre er beim Waschen eingelaufen.

„Gott steh uns bei", flüstert Else und weckt Karl, der den Wecker wie üblich nicht gehört hat.

„Soll'n wir wirklich?"

„Wir müssen, Papi. Wir ham ihr dat versprochen."

„Und wenn uns einer erwischt?"

„Ja, wat denn wird, weiß ick auch nich."

Weil das nächtliche Vorhaben starke Arme und schnelle Hände braucht, ist Betty von ihren Eltern eingeweiht worden und muss mit. Vor lauter Aufregung ist sie gar nicht erst ins Bett gegangen und hat die lange Wartezeit mit einer Generalreinigung von Küche und Speisekammer überbrückt. Bettys nächtliche Ängste spiegeln sich in einer keimfreien Küche wider, deren Geschirrbestand um einige Stücke geschmälert ist. Andere, die heil davongekommen sind, haben Teile ihres bunten Dekors eingebüßt, das dem Druck von Scheuerbürste und Ata nicht gewachsen war.

Als Else und Karl die Küche betreten, hat Betty bereits Kaffee gemacht und den Tisch gedeckt. Sie ist froh nicht mehr allein zu sein und schneidet sich eine dicke Scheibe vom fetten Speck ab, den sie, mit Mostrich bestrichen, auf einer Scheibe Brot zu sich nimmt.

„Hast auch nich wieder so'n Blümchenkaffe gemacht?"

Karl schnappt die dickbäuchige Kanne und gießt sich ein. Nur ein leichtes Zittern der Hand verrät seine Aufregung. Und auch, dass er öfter als sonst blöde Witze macht.

„Hast mir schon 'ne frische Unterbüchs zurechtgelegt, Mutters? Ick mach mir heut bestimmt noch inne Hose."

„Sei doch still, Papi", sagt Else. Aber Karl hat etwas vor.

„Dat geht nur, wenn ick mir wat in'n Mund gießen tu. Kipp mir mal 'n Lütt'n in", quengelt er.

„Nee, dein' Klar'n gibt dat erst zum Frühstück."

Elses Angst zeigt sich in ihrer Gereiztheit.

„Na, gut", sagt Karl, „wenn dit nich dat Frühstück is, geh ick wieder in't Bett."

Der kriegt heut alles fertig, denkt Else, geht in die Speisekammer und holt die Flasche. Dann stellt sie drei Schnapsgläser auf den Tisch und gießt sie voll bis zum Rand.

„Ein Glas reicht mir doch."

„Ja, mir auch", sagt Else, „Betty und ick ham schließlich auch Schiss. Und nu Prost." Betty schüttelt sich.

„Ick glöf, wie möten los, sonst ward uns dat tau spät."

Der Ursprung des nächtlichen Unternehmens liegt in der Drohung, die Pastor Lewerenz beim Regenbittgottesdienst Karoline zugeflüstert hatte. In den letzten Tagen vor ihrem Tod hatte sich der Gedanke daran wie ein Alpdruck auf ihre Seele gelegt und sie nicht mehr losgelassen. Es war immer derselbe schlechte Horrorfilm, der ihre Träume bestimmt hatte und dem sie nur mühsam ins Erwachen entkam, schweißgebadet und erschöpft. Das hämische Lachen des Peinigers dröhnte in ihren Ohren und vermischte sich mit dem plätschernden Geräusch des Urinstrahls, der sich über ihr Gesicht ergoss. Fast hätte Karoline diese Erniedrigung umgebracht, noch bevor sie starb.

Natürlich wusste sie, dass die Realität nicht ganz so schrecklich sein würde. Lewerenz konnte nichts weiter tun als nachts an ihr Grab zu schleichen und raufzupinkeln. Und diese Genugtuung würde er ganz für sich behalten müssen. Dennoch, die Vorstellung daran stürzte Karoline in einen schwarzen Abgrund. Sie sah den Friedhof – winterlich verschneite Gräber ruhten friedlich unter der reinweißen Daunendecke des Schnees, der wie ein großes Trostpflaster, Flocke für Flocke, auf sie geschichtet lag. Fast sah es aus wie ein Bild aus ihren Romanen. Eine Eskimosiedlung, in der sich die Iglus dicht an dicht zusammenschmiegten und einen Kreis bildeten, den nichts Böses zu durchdringen vermochte. Nur ihr Iglu gehörte nicht in diesen Kreis. Abseits und ausgestoßen von den schönen, weiß glänzenden Gebilden, stand es einsam und schmutziggelb, gezeichnet von den Spuren, die des Pastors Urin an den Wänden hinterlassen hatte. Fröhlicher Lärm drang aus den Schneehäusern im Kreis, wenn sonntäglicher Besuch deren Bewohner für einige Stunden beehrte. Sie hatte nur einmal Besuch erhalten, der ihr Iglu aber gar nicht erst betreten wollte, sondern angeekelt von Anblick und Gestank ihrer Bleibe sofort den Rückzug antrat.

Nein, Karoline hatte nicht anders gekonnt. Sie hatte diesen letzten schweren Dienst von ihrem Sohn und ihrer Schwieger - tochter verlangen müssen. Zwar wollte sie in ihrem geliebten Heimatdorf begraben werden, aber nicht auf dem Friedhof, wo sie den Schweinereien des Pastors hilflos ausgeliefert sein würde.

Karoline hatte Karl und Else gebeten, sie nach ihrer Beerdigung heimzuholen. Wie diese das Heimholen bewerkstelligen sollten, wusste sie auch nicht. Mit derart irdischen Gedanken mussten sich die Hinterbleibenden selbst herumschlagen. Und das taten sie denn auch.

Betty besteht darauf, vor dem Verlassen des Hauses den Tisch abzuräumen und das Geschirr zu spülen. Dann zieht sie sich an und geht nach draußen, wo Karl und Else schon ungeduldig warten. Bei Bettys Anblick stößt Else einen Schrei des Entsetzens aus und greift erschrocken mit der rechten Hand zum Herzen. Karl kann sich das Lachen nicht verkneifen und fragt seine Tochter, ob sie überhaupt noch Luft kriegt. Betty ist bis zur Unkenntlichkeit vermummt. Sie hat sich eine schwarze Pudelmütze aufgesetzt und tief ins Gesicht gezogen. Nase und Mund sind nach Cowboyart hinter einem Tuch verborgen, welches so straff am Hinterkopf verknotet ist, dass es knatternd an ihren Nasenlöchern klebt, wenn sie einatmet. Betty ist überzeugt davon, dass man sich bei derartigen Aktionen verkleiden muss und protestiert gegen den Leichtsinn ihrer Eltern, die solchen Hokuspokus nicht für nötig halten.

Nach einer kurzen Diskussion bleibt alles wie es ist, dann bricht der kleine Trupp endlich auf. Betty marschiert als Kundschafter einige Meter voraus. Sie hat den Spaten wie ein Gewehr geschultert und sondiert die nächtlichen Geräusche durch die feinporigen Filter ihrer Ohren, die sich dabei wie Richtantennen bewegen. Karl und Else marschieren gedankenversunken hinterdrein. Karl schiebt die lange Mistkarre vor sich her, auf der eine frischgezimmerte Kiste mit abnehmbarem Deckel liegt. Ein angenehmer Duft nach Tanne strömt aus dem Holz. Else versucht sich vorzustellen, sie machten einen Waldspaziergang. Plötzlich wirft Betty sich lang auf die Erde und gibt den beiden Zeichen es ihr nachzumachen. Aber wie soll man eine Karre samt Kiste zu Boden werfen, ohne dass etwas zu Bruch geht? Karl denkt noch darüber nach, als Betty schon wieder aufsteht und weitermarschiert, falscher Alarm. Else ist froh, dass Betty wieder nach vorne guckt und sie nur ihren Hinterkopf sieht.

Endlich stehen die drei vor dem Friedhofstor, dessen Quietschen ihnen beim Öffnen durch alle Glieder fährt. Wenige Zentimeter vor Bettys Kopf biegt eine verwirrte Fledermaus erschrocken zur Seite. Den Zusammenprall hätte wohl keine der beiden überlebt.

Der Eingang ist frei. Karl packt die Griffe der Mistkarre, um einzufahren.

„Halt“, flüstert Betty, „erst die Parole.“ Karl möchte ihr einen Vogel zeigen, aber er hat keine Hand frei und findet, dass es zeitsparender ist Bettys Blödsinn mitzumachen.

„Einer für alle. Alle für ein’“, brubbelt er und bekommt freie Durchfahrt.

Karolines Grab befindet sich nicht weit vom Eingang entfernt. Unmengen von Blumengebinden und Kränzen türmen sich auf dem Hügel, dessen Konturen sich in der Dunkelheit bewegen. Durch den heftigen Wind, der zwischen dem Grabschmuck wütet, scheint das Grab zum Leben zu erwachen. Es pfeift, raschelt und ächzt. Kranzschleifen flattern wie Fähnchen in der Luft und schlagen die befransten Schalarme knatternd zusammen. Ein Billiggebinde mit Plastikblumen kommt wie ein Ufo aus dem Schwarzen gesegelt und landet vor Bettys Füßen.

„Dat is kein gutes Zeichen“, sagt sie, schiebt sich die Pudelmütze aus der Stirn, beginnt sofort den Grabschmuck abzusammeln und schichtet ihn daneben zu einem Haufen auf. Mit Elses Unterstützung geht die Arbeit gut voran. Inzwischen bringt Karl die Mistkarre in Stellung und öffnet den Deckel der Kiste, die innen schön mit einem weißen Laken ausgeschlagen ist.

„Is bloß schade um den teuren Sarg“, meint Betty.

„Da hast du wohl Recht, aber dat schwere Ding kriegen wir da nich mehr raus. Außerdem is die Kiste doch auch ganz schön geworden. Oder nich? Du kannst ja, bevor wir ihr zu Hause vergraben, noch ‘n Zettel mit reinlegen.“

„Wat für’n Zettel?“

„Na, ’n Zettel, wo du raufschreibst: Wer dat Eine will, muss dat And’re mögen.“

„Nu hör aber auf, Karl“, schimpft Else.

Und wenn sie Karl statt Papi sagt, weiß Karl, was er zu tun hat. Die Hälfte des Hügels ist bereits freigelegt. Karl beginnt mit der Schaufel die Erde abzutragen. Nach einer Stunde Schwerstarbeit ist das Grab beräumt. Kränze und Gebinde liegen aufgetürmt an der einen, die Erde des Grabhügels an der anderen Seite. Nun beginnt der schwierigste Teil der Aktion. Die geschärften Spaten fahren in das Erdreich wie in Butter. Aber je weiter sie vordringen, um so schwieriger wird es. Nach einer weiteren Stunde sind sie so weit vorgestoßen, dass Karl beim Einstechen ein dumpfes Geräusch wahrnimmt. Er schickt die Frauen nach oben und macht allein weiter, es wird zu eng in der Grube. Vorsichtig hebt Karl Schicht für Schicht ab und legt den Sargdeckel frei, dann klettert er nach oben.

„So, und wie krieg’n wir dat Ding nu auf?“

Etwas ratlos schauen die drei hinunter in das Loch. Über derartige Probleme hatte sich keiner vorher Gedanken gemacht. Inzwischen hat der Wind an Stärke zugenommen. Die schwarzen Tannen und Lebensbäume, die rings um die Friedhofsmauer gepflanzt sind, schütteln und verbiegen sich, als wären sie wütend. Karl ist auch wütend. Nur ein blöder Holzdeckel versperrt ihm den Weg zum Ziel. Aber der Holzdeckel ist aus Eiche und er ist nicht nur ein Deckel, sondern eine Tür. Und die ist verschlossen. Die Arbeit ist zum Stillstand gekommen, die Zeit nicht.

„Oh Gott, oh Gott, wat machen wir nu bloß", jammert Betty.

„Lauf nach Hause und hol die Axt, ich schlach dat Ding kaputt", meckert Karl.

„Du büst wohl nich mehr gescheit!" Else nimmt die Schaufel und sticht sie vorsichtig direkt neben dem Sarg in die Erde. Stück für Stück tastet sie sich vorwärts.

„Wat pückerst du denn, Regenwürmer gibt dat da unten nich mehr."

„Hull dien Muhl."

Else lauscht angespannt auf die Geräusche, die die Schaufel im Erdreich macht, wenn sie auf das Holz trifft. Da, endlich ein metallenes Kratzen! Dort muss das Schloss sein. Genau darunter setzt sie die Schaufel an und hebelt mit einem kräftigen Druck auf den Stiel das Schloss auf.

„Gott sei Dank, geschafft."

Zu dritt öffnen sie den schweren Sargdeckel und schaffen ihn aus der Grube. Karl nimmt die Taschenlampe und leuchtet hinunter. Karoline schläft, sie lächelt. Um ihren Mund lieg so ein seltsamer Zug. Gleich wird sie aufwachen und sagen: „Dat wurde aber auch Zeit." Karl legt sich auf den Bauch und rutscht so weit wie möglich hinunter. Else und Betty halten je eines seiner Beine fest und ziehen ihn auf sein Zeichen langsam nach hinten. Dann ist er draußen und rappelt sich, vorsichtig nach Gleichgewicht suchend, auf. In den Armen hält er seine Mutter, zum ersten Mal in seinem Leben.

„Mensch Mutti, du hast aber auch Wünsche."

Karl legt Karoline in die Holzkiste und schließt den Deckel. Das Schlimmste ist geschafft, er fühlt sich erleichtert.

„So, und nu schnell alles wieder zumachen und denn ab nach Hause."

Aber Betty rührt sich nicht. Sie steht wie erstarrt und hat den Zeigefinger auf die Stelle ihrer Tuchmaske gelegt, unter der sich ihr Mund befindet. Sie reißt sich die Pudelmütze vom Kopf und lauscht in die Dunkelheit.

„Da kommt einer“, flüstert sie, außer sich vor Entsetzen.

„Ick hör nüscht, du spinnst ja. Wer soll um diese Zeit draußen umherkriechen, außer uns?“

Da erstarrt auch Karl. Ganz deutlich hat er das Quietschen gehört. Das Tor am anderen Ende des Friedhofs wird geöffnet. Jemand kommt durch den zweiten Eingang und taumelt mit schweren Schritten über den kiesbestreuten Weg. Karl schiebt die Karre hinter einen Fliederbusch, die Frauen sammeln hastig ihre Spaten ein. Geduckt hocken alle hinter dem Strauch und hoffen, dass sich die Schritte wieder entfernen. Doch das Geräusch wird lauter, die Schritte bewegen sich in ihre Richtung. Else entdeckt die vergessene Schaufel neben der Grube. Sie will aus dem Versteck und setzt gerade zum Sprung an, als in der Dunkelheit die Silhouette eines Körpers sichtbar wird. Schlingernd bewegt sich die Gestalt direkt auf die Grube zu. Jetzt ist sie kurz davor. Dann ein kurzes, trockenes Geräusch, als wenn Holz auf Holz trifft. Und plötzlich lautes Poltern und Rumsen. Fast wären die drei hinter dem Fliederbusch in panischem Schrecken davongerannt. Doch nach dem letzten Knall ist der Spuk vorbei. Keine Schritte, keine Silhouette, alles weg.

Langsam und zittrig krabbelt Karl aus dem Versteck. Aufrecht gehen ist ihm in diesem Moment nicht möglich. Auf allen vieren erreicht er die Grube und leuchtet hinein, mit der anderen Hand scheint er darin nach etwas zu tasten.

„Weidmanns heil, dat Mistschwein is dot!“

„Wie? Wat? Dat war doch kein Schwein“, staunt Betty.

„Doch, doch kommt ma her und kiekt euch den Braten an.“ Karls Stimme dringt geisterhaft aus der Grube. Else und Betty rappeln sich auf. Schwankend, mit rasendem Puls, versuchen sie im schwächer werdenden Schein der Taschenlampe das verunglückte Tier zu erkennen. Es dauert einen langen Moment, bis sie begreifen, was dort zu sehen ist. Betty schlägt ihre Hände vors Gesicht und beginnt zu schluchzen:

„Oh Gott, oh Gott, dat musste ja passier'n. Nu geh'n wir alle in'n Knast."

Else fällt wie ein frisch gebackener Kuchen in sich zusammen und wird so weiß, dass man ihr Gesicht im Dunkel leuchten sieht.

„Dat du jetzt noch Witze machen kannst, Papi. Dat is doch kein Schwein."

„Na, klar", sagt Karl, „kiek doch ma richtig hin. Dat is 'n Wildschwein, 'n Schwarzkittel, und wir ham ihm erlecht." Zum Beweis versetzt Karl dem Schwarzkittel eine Ohrfeige. „Der is hin."

Der Schwarzkittel ist tatsächlich hin, nur dass er seinen schwarzen Kittel gerade nicht an hat, sondern einen verbeulten Trainingsanzug. Doch diese Tatsache allein ist nicht schwerwiegend genug, um die Frauen in so tiefe Verzweiflung zu stürzen. Die Katastrophe besteht darin, dass der Schwarzkittel kein Schwein war, sondern Pastor Lewerenz. Karl meint, das käme aufs Gleiche raus.

Lewerenz hatte die halbe Nacht in seinem Weinkeller verbracht. Von seiner Frau aus dem gemeinsamen Schlafzimmer verbannt, hatte er seinen Frust mit mehreren Flaschen Rosenthaler Kadarka ertränkt, bevor er besoffen genug war, um das Bedürfnis zu verspüren, seine Blase auf Karoline Lewins Grab zu entleeren. Auch, wenn er es ein wenig anstrengend fand, die Dringlichkeit so lange zurückhalten zu müssen. Als er an Karolines Grab auf die vergessene Schaufel getrampelt war, war der Stiel an seinen Kopf gekracht und hatte ihn zu Fall gebracht, welcher direkt in der Grube endete. Dort war er so unglücklich gelandet, dass sein Genick brach. Er hatte damit die Behauptung widerlegt, Besoffene hätten einen Schutzengel.

Der Kopf des Pastors ist auf die linke Schulter gesunken. Es sieht aus, als hätte er es sich bequem gemacht in den gemütlichen Kissen des Sarges. Er sitzt mit dem Rücken an die Erdwand gelehnt. Sein Mund ist halb geöffnet, die Lippen scheinen ein A zu formen. A wie Abfahrt, bereit für eine romantische Flussfahrt im hölzernen Kahn. Der Fährmann steht schon bereit und grinst, aber statt des Ruders hält er eine Sense in der knochigen Faust.

Karl hat sich wieder in die Grube gebeugt und zieht den Pastor in Ruhelage.

„Wat machst du denn, Papi? Wir müssen ihm raushol'n und den Arzt anrufen."

„Der braucht keinen Arzt mehr."

„Und die Polizei müssen wir auch anrufen. Wenn wir uns freiwillig stell'n, wird dat vielleicht nich ganz so schlimm. Schließlich ham wir ihm ja nich reingeschubst."

Aber Karl lässt nicht mit sich reden. Einmal will er seinen Willen gegen das Weibervolk durchsetzen. Er macht den Frauen klar, dass es viel besser für sie wäre, wenn kein Mensch von dieser Sache erfahren würde. Gemeinsam wälzen sie den Sargdeckel auf die Öffnung und verschließen ihr Geheimnis. Es wird höchste Zeit nach Hause zu kommen, im Osten zeigt sich bereits ein schmaler Lichtstreifen. Schnell wird das Loch zugeschaufelt und der verbleibende Erdhügel festgeklopft. Als auch der Grabschmuck verteilt ist, verlassen die drei eiligst den Friedhof. Betty bildet diesmal die Nachhut. Rückwärts gehend, beseitigt sie die letzten Fuß- und Karrenspuren mit einer Harke. Die Aufregung ist einer körperlichen Erschöpfung gewichen. In ihrem Kopf kracht ein heftiges Gedankengewitter, in dessen Verlauf plötzlich ein Frageblitz zuckt: War das Karolines letzte Rache?

2

Der Tagesablauf von Alwine Lewerenz war ein Gebäude, auf dessen Rohbau sie jeden Morgen die Richtkrone setzte. Ein fester Plan, den sie nach selbstauferlegten Regeln befolgte, sicherte die Fertigstellung des Hauses bis zum Abend, an dem sie beim Zubettgehen die Tür fest hinter sich verschloss. Diese Regeln hatten sich mit der Zeit zu Ritualen gemausert, über die Alwine ihren Tagesablauf definierte und deren Zelebrierung sie mit Hingabe verfolgte.

Schon das morgendliche Erwachen stand unter dem Zwang eines solchen Rituals. Wenn Alwine aus den Tiefen ihres Traumozeans auftauchte und am sandstrandigen Ufer des Bewusstseins nach Luft schnappte, spielte sich ein wahres Drama ab, dessen komplizierte Dramaturgie sich nach bestimmten Umwelteinflüssen richtete. Nachdem sie sich ins Gedächtnis gerufen hatte, welcher Tag in welchem Monat und Jahr vor ihr lag, öffnete sie das rechte Auge und schloss es wieder. Dann öffnete sie das linke Auge und schloss es wieder. Anschließend öffnete sie beide Augen, konzentrierte ihren Blick auf die Schlafzimmerdecke und wartete, bis sich aus der verschwommenen Projektion ein klares Bild herausschälte. Dann begann Alwine die Fliegen zu zählen, die an der Decke saßen oder standen oder krabbelten. Und es durften nur diese sein. Ließ sich etwa ein eben noch im Zimmer umhersurrendes Insekt während des Zählprozesses auf dem Deckenquadrat nieder, galt dies als Regelwidrigkeit und wurde mit dem Abbruch der Aktion geahndet. Dann schloss Alwine für einen kurzen Moment ihre Augen und begann danach erneut zu zählen. Diese Prozedur konnte sich an manchen Tagen bis zu sechzig Minuten hinziehen, sodass alle Folgetätigkeiten verkürzt oder mit höherer Geschwindigkeit erledigt werden mussten, um das empfindliche Gerüst ihres Gebäudes nicht ins Wackeln zu bringen.

Solche Tage gehörten aber doch zu den ganz seltenen Ausnahmen. Meist war die Zählerei schnell erledigt und die Zahl des Tages problemlos ermittelt, indem die Anzahl jener Fliegen mit dem jeweiligen Datum multipliziert und aus dem Produkt solange die Quersumme gebildet wurde, bis sich eine einstellige Zahl ergab – die Tageszahl. Jede Zahl von eins bis neun stand für ganz bestimmte Vorschriften und Oberregeln, denen sich Alwines übliche Tagesregeln unterzuordnen hatten. Dieses zwanghafte Verhalten konnte sie mit Beginn der kalten Jahreszeit und dem Verschwinden der Insekten problemlos ablegen. Sie schickte es sozusagen in den Winterschlaf, aus dem es mit Beginn des Frühlings und dem Erscheinen der ersten Sumsen unglaublich ausgeschlafen erwachte.

Nachdem sie die Tageszahl ermittelt hatte, brachte sich Alwine in eine bequeme Sitzposition, schob ihr Kopfkissen in den Rücken und lehnte sich entspannt an die Rückwand des Ehebettes. Dann tastete sie mit ihrer linken Hand nach den Zigaretten auf dem Nachtschrank und steckte sich eine an, streng darauf achtend, dass die ersten Züge nicht zu tief waren, um einen Schwindelanfall zu vermeiden. Der trockene Husten, der sie sofort überkam, legte sich bei der zweiten

Zigarette. Alwine war Kettenraucherin, eine Sucht, die sie sich im Verlauf ihrer Ehe zugelegt hatte.

Sie hatte Lewerenz aus Liebe geheiratet und geglaubt, dass er ebenso für sie empfand. Doch Lewerenz, der allerdings seine für Alwine gehegten Gefühle auch für Zuneigung hielt, gehörte zu jenen Menschen, deren Ego aus allen Nähten platzte, wenn es darum ging sich eine andere Jacke als die eigene anzuziehen. Im Grunde hatte man ihn nur bedauern können, denn wer ist schon verantwortlich für seine Anlagen? Wer sieht beim Blick in den Spiegel mehr als sein Gesicht? Kann in sich hineinsehen und mehr entdecken als einen sieben Meter langen Verdauungstrakt, an dessen letztem Ende doch nur das herauskommt, was auch sichtbar wird, wenn man nicht in sich hineinschaut? Aber genau da lag der Hase im Pfeffer, oder besser: der Neger im Urin. Denn Lewerenz liebte sich bis zur letzten Pore seiner Schweißdrüsen und hatte auch die größte Hochachtung vor seiner Scheiße, die er, wie alles an sich, für etwas Besonderes hielt.

Natürlich erwartete Lewerenz von seinen Mitmenschen, dass sie ihm die selben Gefühle entgegenbrachten, die er für sich hegte. Seine kleinliche Intoleranz ließ ihn in jede anders geartete Meinung oder Einstellung Feindseligkeit und Missachtung gegenüber seiner Person hineininterpretieren. Und wie alle Männer, deren körperliche Größe nicht dem Gardemaß des Alten Fritz entspricht, sondern eher dem Reiche Liliput entstammt, war er ein skrupelloser Intrigant und Faschist, zwar Pastor von Beruf, aber nicht aus Berufung.

Alwine, die er als junger Theologiestudent kennen gelernt hatte, imponierte ihm aus zwei Gründen. Einmal war es ihre körperliche Höhe, mit der sie ihn um gut anderthalb Köpfe überragte und zu ihm hinabschaute wie auf einen zu klein geratenen Pittiplatsch, der sich an die Säulen ihrer stämmigen Beine klammerte, um nicht aus den Filzpantoffeln zu kippen. Er war der Mammutjäger, sie das Mammut, welches es zu erlegen galt. Und wenn auch sein Mut nicht einmal halb so groß war wie der dieser urzeitlichen Jäger, so war doch sein Hass auf Alwine groß genug ihn ans Ziel zu bringen. Alwine hatte etwas, was ihm nicht gegeben war, dafür hasste er sie. Um aber in den Besitz ihres Eigentums zu gelangen, musste er sich Alwine zu Eigen machen. Und das konnte er nur, wenn er sie liebte, sie sich einverleibte und zu einem Teil seiner selbst machte.

Dieses hoch kompliziert anmutende Innenleben entsprang in Wahrheit einer primitiven Triebkraft, die in Urzeiten den Barbaren dazu verleitete das Herz des getöteten Feindes zu verspeisen, weil er glaubte, sich damit auch dessen Kräfte anzueignen. Der zweite Grund seines krankhaften Wollens waren ihre breiten, ausladenden Beckenknochen. Er hatte in Doktor Brummers „Handbuch der äußerlichen Merkmale und deren Bezug auf innere Qualität" gelesen, dass solch ein gebärfreudiges Becken der Garant eines reichen Kindersegens sei und war, lange bevor er Alwine kennen gelernt hatte, auf der Jagd nach solchen „Suppenterrinen" gewesen. Alwine war die Inkarnation seines Idealbildes und sollte ihm viele Söhne gebären, die seine Saat in sich trugen und in einer nicht endenden Kette weiterverpflanzten. Von diesem Gedanken besessen, war Lewerenz so lange um Alwine herumscharwenzelt, bis bei dieser aus der anfänglichen Verachtung Mitleid für den kleinen Mann entstand. Sie fand es possierlich, wie er in hündischer Ergebenheit um ihre Beine strich und schwanzwedelnd um ihre Gunst warb. Erlesene Süßigkeiten – Lewerenz hatte Beziehungen in den Westen – taten ein Übriges.

Nach der Hochzeit arbeitete Lewerenz noch besessener an seinen Zukunftsträumen. Alwine, die sich anfangs sehr geschmeichelt fühlte und von seinem Erfindungsreichtum begeistert war, schaukelte fröhlich mit, obwohl sie sich immer häufiger des Gefühls nicht erwehren konnte, dass die ganze Sache langsam in Arbeit auszuarten schien. Ihr Nachtschlaf wurde im Stundentakt unterbrochen und glich eher einem Reitturnier als dem wohlverdienten Ausruhen von einer harten Tagesarbeit. Schließlich machte sich Lewerenz nicht einmal mehr die Mühe sie zu wecken. Selber noch im Halbschlaf, legte er die Schlafende zurecht und rollte nach vollbrachter Arbeit auf seine Bettseite zurück, um sofort wieder einzuschlafen. Alwine, die jeden Morgen wie gerädert erwachte, war so erschöpft, dass ihre einst stattliche Größe auf Lewerenzhöhe zurechtzuschrumpfen schien. Unter ihren Augen prangten fette blaue Ränder, die sie wie eine dunkle Brille umschlossen und ihren Blick ins Schwarze tauchten.

Auch tagsüber gab es keinen Ort, an dem Alwine vor ihrem fortpflanzungsbesessenen Ehemann sicher gewesen wäre. Mittlerweile stellte sich bei diesem ganz automatisch eine erhöhte Hormonproduktion ein, sobald sein Körper zur Ruhe kam und diese Nachricht als verschlüsselte Botschaft an das Hirn weiterleitete, das ohne Umwege den Befehl zur Fortpflanzung an den dafür bestimmten Körperteil ausgab. „Du hast nichts zu tun? Verstehe! Hier also mein Arbeitsauftrag." Und schon blähte sich das unscheinbare Ding wie ein Ochsenfrosch und richtete sich auf in einem Neigungswinkel von genau neunzig Grad.

Nach zweijährigem Martyrium wurde Alwine endlich schwanger und hoffte inbrünstig auf eine Mehrlingsgeburt, um die von Lewerenz angestrebte Anzahl der Nachkommen so schnell wie möglich zu erreichen. Dass sie diese nicht schon bei der ersten Geburt schaffen würde, war ihr schmerzlich bewusst, da Lewerenz angekündigt hatte, den biblischen Jakob, dessen Söhne die zwölf Stämme Israels gegründet hatten, noch übertreffen zu wollen. Zu Alwines Glück plädierte Doktor Brummer in seinem Handbuch für die vollkommene Abstinenz der Frau während der Schwangerschaft. Lewerenz ließ sie in Ruhe, was ihm nicht leicht fiel, da seine Körperlichkeiten sich nicht sofort auf die veränderte Situation einstellen konnten. Alwine genoss die Zeit ihrer Schwangerschaft und wünschte sich mitunter eine Elefantin zu sein. Da ihr die Metamorphose nicht gelang, brachte sie nach zweihundertachtzig Tagen ein gesundes Mädchen zur Welt, worüber sie sehr glücklich war. Der Gedanke an zwölf und mehr männliche Lewerenze hatte sie sehr beunruhigt. In einem immer wiederkehrenden Alptraum erschien sich Alwine als riesige Pusteblume, deren penisförmige Samenschirmchen vom Lewerenzschen Atem in die ganze Welt geblasen wurden und diese, sich in rasantem Tempo vervielfachend, bald überschwemmten.

Lewerenz war über die Geburt einer Tochter entsetzt. Er hatte nicht einmal die Möglichkeit in Erwägung gezogen, dass dies eintreten könnte und beschuldigte seine Frau ihn absichtlich demütigen zu wollen. Wenige Tage nach der Geburt des Kindes begann er erneut an seinem Plan zu arbeiten und Alwine in Dauerstress zu versetzen.

Glücklicherweise ändern sich manche Menschen, auch um denen Paroli zu bieten, die sich niemals ändern. Alwine war nicht mehr allein, sie wurde gebraucht. Langsam begann ein ganz neues Gefühl in ihr zu reifen. War nicht Maria aus Magdala die engste Vertraute des Erlösers gewesen? Hatte nicht diese Maria, eine Frau, Botschaften von ihm empfangen, die er den Männern in seinem Team nicht zuteil werden ließ? Und hatte Jesus nicht die Gleichheit von Mann und Frau gepredigt? Warum also sollte sie Dinge tun, die sie gar nicht tun wollte?

Als Lewerenz sie mitten in der Nacht aus ihrem Pusteblumentraum riss, tat Alwine das Unerhörte. Sie kniff die Beine zusammen, winkelte die Knie an und warf mit mächtigem Schwung den über sie gebeugten Peiniger von sich. In diesem Schwung manifestierte sich all ihre Wut und Verachtung für den kleinen Mann, der, von so unerwarteter Abwehr überrascht, über den Rand seines Bettes hinaussegelte und krachend auf dem Fußboden landete.

Als Alwine bewusst wurde, was passiert war, wunderte sie sich, wie einfach es gewesen war. Und sie wunderte sich noch mehr darüber, warum sie etwas, was so leicht zu bewerkstelligen war, nicht schon viel eher getan und statt dessen all die Demütigungen ertragen hatte.

Die Fronten waren geklärt, Lewerenz in seine Schranken gewiesen. Von da an kochte Alwine ihre köstlichen Eintöpfe aus frisch im Garten geerntetem Gemüse nach ihrer Fasson. Herzhaft und knackig mussten die bunten Zutaten sein, nicht matschig püriert wie Schweinefutter. Sollte ihr feiger Göttergatte doch endlich zum Zahnarzt gehen und sich die brüchigen Ruinen seines Gebisses reparieren lassen. Sie, Alwine, kochte nur noch al dente!

Es ist Ostersonntag, eine Woche nach Lewerenz' Verschwinden. Alwine weiß nicht recht, wie sie sich fühlt. So sehr sie ihren Mann in der letzten Zeit auch verabscheut hatte, komisch ist es schon, so plötzlich ganz allein die Verantwortung für alles zu tragen. Außerdem erwartet sie ihr zweites Kind, und das schon in den nächsten Tagen. Und dann diese Ungewissheit, was wohl passiert sein mag, wo er abgeblieben ist. Die ganze Woche über hatte die Polizei das Dorf auf den Kopf gestellt, die Einwohner verhört und mit Spürhunden die Gegend abgesucht. Aber irgendwie verlor sich die Spur auf dem Friedhof. Die Polizei vermutete, dass der unmittelbar nach dem Verschwinden des Pastors einsetzende Regen schuld daran war.

Alwine ist jetzt Alleinherrscherin über neunzig Hühner, deren Eier sie einmal in der Woche in der Eierannahmestelle abliefert. Mit dem Eiergeld und den Erträgen ihres Gemüsegartens würde sie einigermaßen über die Runden kommen. Außerdem will die Kirche sie mit einer Art Witwenrente unterstützen, auch wenn der Fall unklar ist. Ein neuer Pastor ist noch nicht in Sicht. Wer unbedingt zur Kirche will, muss in die Nachbargemeinde fahren.

Um so verwunderter ist Alwine, als plötzlich die Kirchturmglocke zu läuten beginnt. Das war der Zeitpunkt, an dem ihr Mann in den letzten Monaten das Haus verlassen hatte, mit dem ersten Glockenläuten. Einmal war sie ihm aus Neugier über seinen Arbeitseifer nachgegangen und hatte gesehen, wie er sich über Lotte Lanze hermachte. Lotte schien glücklich dabei gewesen zu sein und Alwine war es auch, wusste sie nun doch, dass der Verschmähte einen passenden Ausgleich gefunden hatte und sie nicht mehr belästigen würde.

Die Glocke scheint gar nicht mehr aufhören zu wollen. Das Gebimmel wird langsam lästig. Alwine muss wissen, was los ist. Sie bindet ihre Schürze ab und macht sich auf den Weg zur Kirche. Auf der Dorfstraße sieht sie, dass auch andere auf dem Weg dorthin sind. Nach den Aufregungen der letzten Woche sind die Leute ziemlich aufgebracht und ängstlich. Alwine erreicht den Friedhof, der mit seinem wüsten, ungepflegten Aussehen an einen Sportplatz erinnert. Die sonst kunstvoll mit Mustern umharkten Ruhestätten sind von Trampelpfaden umrandet, an etlichen Grabsteinen erinnern deutliche Pinkelspuren an die Schnüffelarbeit der Polizeihunde. Zerlatschte Blumen, umgekippte Vasen und das weggeworfene Butterbrotpapier von Kommissar Plumps vervollständigen das Bild.

Es ist Ostersonntag. Aber nichts erinnert daran, außer einem roten, mit grünen Streifen verzierten Ei, das der Osterhase mitten auf dem kiesbestreuten Weg verloren hat, als er in panischem Schrecken den Friedhof überquerte.

Alwine öffnet die Kirchentür. Der kleine Vorraum ist voller Menschen. Mühsam drängelt sie sich hinein, wird gar nicht bemerkt. Alwine ist überwältigt von dem ungeheuren Lärm. Das Brausen der Glocke, die spektakelnden, wild gestikulierenden Frauen schnüren ihr die Luft ab. Sie will raus, aber schon drängen sie nachschiebende Neuankömmlinge tiefer hinein.

Was ist los?! Da bemerkt sie, dass die meisten ihre Köpfe in den Nacken gelegt haben und nach oben starren. Sie macht es ihnen nach, schaut nach oben und kann nicht fassen, was sie sieht. Ihr hochschwangerer Zustand ist für einen derartigen Anblick nicht geschaffen. Die verbrauchte Luft und Kielschweins intensive Knoblauchfahne geben ihr den Rest. Frühstücksei und Butterstulle lassen sich nicht länger zurückhalten und landen halbverdaut in Erna Gurkes Schürzentasche, die vom vielen Flaschentragen schön ausgebeult ist und weit vorsteht. Erna hat schon wieder voll geladen und merkt nichts. Außerdem ist sie viel zu beschäftigt mit dem Ereignis dort oben und krächzt mit ihrer Säuferstimme lautstark immerzu dieselben Befehle in den Raum: „Feuerwehr, Notarzt, Polizei!“ Es ist, als würde irgendwo unter der Decke ein Papagei sitzen. Dabei sollten doch Engel durch den Äther schweben und mit dem sanften Schlag ihrer Flügel goldenes Licht verströmen, in dessen blendender Helligkeit die Stimme des Herrn pulsiert:

„Siehe, das ist meine Tochter, die ich heimhole, damit sie nicht länger leidet. Ich will die Unbedarfte schützen vor eurer Tücke und Bosheit und die, welche Schuld auf sich geladen haben, strafen.“ Und in den Armen der Engel wäre Lotte Lanze davongesegelt ins himmlische Paradies.

Aber so ist es nicht. Lotte segelt nicht, sie hängt. Lotte hat sich am Glockenseil aufgeknüpft. Die Glocke kann nicht aufhören darüber zu klagen.

Lotte hatte in den letzten Monaten Veränderungen an sich bemerkt, die sie sich nicht erklären konnte und die Minna Zott zu der Vermutung Anlass gaben, dass Lotte mehr aß als ihr zustand. Lotte, die nie gelernt hatte über Ängste und Probleme zu reden, befürchtete das Opfer einer schlimmen Krankheit zu sein. Sie fühlte sich schlapp und spürte, wie die Krankheit immer weiter voranschritt. Ihr Bauch war angeschwollen, als hätte sie einen Ball verschluckt. Die Haut straffte sich wie ein Trommelfell.

Lewerenz' plötzliches Verschwinden hatte Lotte unendlich traurig gemacht. An jenem Ostersonntag wollte sie noch einmal die Glocke für ihn läuten. Ein Ruf in die Finsternis sollte es sein, der ihn vielleicht zurückbrachte. Doch als sie vor dem Altar kniete und betete, wurde ihr Leib plötzlich von ungeheuren Schmerzen zerrissen. Hilflos und ohne die geringste Ahnung, was mit ihr passierte, lag sie da, umspült vom Ozean ihrer Angst, in dem sie zu ertrinken drohte, mit jeder Welle tiefer hinunter gerissen in die Abgründe ihrer Todesahnung. Lotte ließ alles über sich ergehen. Sie schrie nicht. Sie tat nichts und hoffte, dass dies eine Botschaft von Lewerenz wäre. Ihr Hoffen wurde erfüllt. Es war Lewerenz' letzter Gruß der sich da in ihr Schlüpferbein quetschte und schreiend nach Luft schnappte.

Aber Lotte verstand nicht. Sie sah nur all das Blut und Fleisch und den unförmigen, blutverschmierten Kloß, der sich aus ihr herausgedrängt hatte.

In panischem Schrecken rannte sie aus der Kapelle und schleppte sich im Vorraum die Treppe zum Glockenturm hinauf, knotete am Ende des Glockenseils eine Schlinge, legte sie sich um den Hals und sprang.

Der Vorraum platzt aus allen Fugen. Immer mehr Menschen drängen hinein, zurück geht es nicht mehr. Alwine Lewerenz hat es geschafft sich bis zur Tür, die in die Kapelle führt, durchzudrängen und quetscht sich hinein. Sie hört das leise Wimmern vor dem Altar, sieht das Kind und ahnt sofort die Zusammenhänge.

Wem gehört nun dieses Kind? Seine Mutter ist tot, sein Vater, ihr Ehemann, ist verschwunden. Das Kind gehört dem Staat. Aber der soll es nicht kriegen. Alwine reißt das Tuch vom Altar, wickelt das winzige Wesen ein und verbirgt es unter ihrer Jacke. Sie öffnet ganz weit die Tür, und schon schiebt und schubst sich die Masse in die Kapelle. Mit dem Kind unter der Jacke verlässt Alwine die Kirche und eilt nach Hause.

Noch in der selben Nacht bringt sie ihr Kind zur Welt, ganz allein. Sie ruft absichtlich keine Hilfe und wird ganz offiziell Mutter von sehr unterschiedlich aussehenden Zwillingen.

Lottes Leichnam wird zur Untersuchung in die Stadt gebracht. Es dauert lange, bis man ihn zur Beerdigung freigibt.

Minna Zott hatte von all dem überhaupt nichts mitbekommen. Piek Ass hatte an jenem Sonntagvormittag wie immer seinen Besuch abgestattet und Lotte war, nachdem sie morgens das Haus verlassen hatte, nicht mehr zurückgekommen.

Minna hatte Hunger und Durst und das dringende Bedürfnis ihren Thron zu besteigen, aber Lotte kam nicht. Minna wurde immer wütender auf die Herumtreiberin. Stunde um Stunde lag sie da, wälzte sich von einer Seite auf die andere und trommelte wütend mit den Fäusten auf die Matratze. Sie wäre durchaus in der Lage gewesen aufzustehen, aber der Starrsinn fesselte ihre Mumie mit eisernen Ketten an das Bettgestell. Um gar keinen Preis würde sie aufstehen, weil ganz sicher im selben Moment Lotte käme und sehen könnte, was sie nicht sehen sollte. Sowieso war dies eine Falle und die undankbare Person stand bestimmt hinter der Tür und lauerte nur darauf, dass sie, Minna, einen Fehler machte.

So pullerte Minna Zott in ihr Bett. Eigentlich war es ganz angenehm, die Erleichterung unbeschreiblich. Aber mit der Zeit wurde es eklig und kalt. Ihr Hinterteil fühlte sich an wie eine Wassermelone. Am darauf folgenden Morgen erreichte Minnas Wut ihren Höhepunkt. Ohne lange zu überlegen gab sie dem Bedürfnis, ihren Darm zu entleeren, nach. Lotte würde schon sehen, was sie davon hatte.

So vergingen Dienstag, Mittwoch, Donnerstag, Freitag und Sonnabend. Niemand kümmerte sich um die Alte. Wahrscheinlich war ihre Existenz längst aus dem Gedächtnis der Leute gestrichen, da sie in ihren aktiven Jahren keine bleibenden Spuren hinterlassen hatte, außer der Tatsache unfreundlich und böse zu sein.

Niemand schaut nach Minna, außer Piek Ass. Der kommt zuverlässig wie immer am Sonntag und bringt gute Laune mit. Er hopst die Treppe hinauf, versucht den herrlichen Gestank zu erhaschen, was ihm ohne weiteres gelingt, da dieser sich in seiner Intensität um ein Vielfaches vermehrt zu haben scheint und sperrt, nachdem er höflich geklopft hat, die Tür weit auf. Er kommt nicht mehr dazu irgendetwas zu denken, etwas knallt mit ungeheuerlicher Wucht gegen seinen Kopf. Piek fällt ohnmächtig auf den Rücken. Als er nach einer Viertelstunde zu sich kommt und seine Stirn betastet, ist keine Verletzung festzustellen. Aber sein Schädel brummt und die Augen tränen, als wäre er in eine Zwiebelküche gefallen. Ähnliche Symptome kennt Piek nur von Senfgasangriffen im Ersten Weltkrieg.

Er rappelt sich auf und nimmt einen so unvorstellbar intensiven Gestank wahr, dass selbst einem so hartgesottenen Burschen wie ihm übel wird. Er holt sein parfümiertes Taschentuch heraus und drückt es sich vor die Nase. Vorsichtig betritt er das Zimmer und sieht Minna Zott, die zwar in ihrem Bett liegt, sich aber unruhig bewegt und ihn böse anstarrt.

„Guten Morgen, meine Liebe. Wie wäre es, wenn ich das Fenster ein wenig öffnen würde? Es scheint mir doch recht warm hier zu sein."

Ohne die Antwort abzuwarten geht Piek zum Fenster und öffnet es. Die verbrauchte Luft wabert in fetten Schwaden nach draußen. Minna scheint ausnahmsweise einmal nichts gegen die Zugluft einzuwenden zu haben. Sie sagt nichts, starrt nur böse auf die offene Tür. Piek will sich seine gute Laune nicht verderben lassen und beginnt mit seiner Stripteasevorführung, die von leisen Raschelgeräuschen im Bett begleitet wird. Dann legt er Minna, die ihm den Rücken zudreht, die Flasche mit dem Kartoffelschnaps auf ihre Seite. Als Piek die Bettdecke zurückschlägt um hineinzuschlüpfen wird er fast wieder ohnmächtig. Sein Hirn hat Mühe die gesendete Botschaft zu entschlüsseln. Als Piek begreift, springt er angeekelt zurück und wirft sich in seine Klamotten.

„Frau Minna, Frau Minna stehen sie auf", ruft er, „das geht doch nicht!"

Er rennt in Minnas Blickrichtung, sieht ihr in die Augen und bemerkt, dass der Blick starr ist. Wie zum Hohn windet sich gerade in diesem Moment eine fette Made aus Minnas rechtem

Nasenloch und schwingt sich hinüber in das linke, um auch dort die Gegend zu erkunden. Überall wimmeln die Biester, sodass es scheint, als würde sich Minna bewegen.

„Staub zu Staub“, denkt Piek, „und Scheiße zu Scheiße.“ Er nimmt die Flasche mit dem Kartoffelschnaps und verabschiedet sich. „Schade, dass sie heute unpässlich sind. Ich komme wohl besser ein anderes Mal vorbei. Wünsche recht gute Besserung.“

Der Apfel ist reif

1

Das Leben ist eine Badewanne, denkt Karl Lewin, ohne Wasser sitzt man auf dem Trockenen. Und wenn welches drin ist, fehlt entweder das Badeshampoo oder einer zieht den Stöpsel raus.

Lewins geht's gut. Die Wirtschaft floriert, das Geld stimmt. Schwer schuften mussten sie schon immer, aber noch nie haben sie so gut dabei verdient. Die Frauen bewirken im Gemüsegarten und beim Federvieh wahre Wunder. Karl hat ein Händchen für den Acker und bringt beste Weizen- und Runkelernten ein. Bei den Kühen läuft die Milch und die Schweine produzieren Schinkenspeck. Nicht jede Wirtschaft im Dorf geht so gut. Um ein erfolgreicher Bauer zu sein, braucht man Instinkte. Urinstinkte, die im Blut schwimmen und selbst bei vierzig Grad Fieber noch funktionieren. Eine Hand voll Erde ist nicht bloß Erde, ist ein unglaublich aufregender Stoff, den man zerbröseln, riechen und schmecken kann. Eine Hand voll Erde ist ein künftiges Feld, auf dem sich mannshohe, goldene Halme drängen und die dicken Ähren knirschend aneinander reiben, wenn der Wind über sie hinwegpustet.

Solche Visionen kann nicht jeder entwickeln, dazu braucht man Nase, und zwar eine große Nase, so wie Karl Lewin. Dass Karl noch eigenständiger Bauer ist, verdankt er diesen Visionen. Er ist jetzt der einzige Einzelbauer weit und breit, sozusagen der letzte Mohikaner. Alle anderen haben sich zu einer Landwirtschaftlichen Produktionsgenossenschaft zusammengeschlossen, staatlich verordnet. Die mit der schlechtesten Wirtschaft waren die ersten, die der LPG beitraten. Aus deren Reihen wurde auch gleich der Vorsitzende gewählt, ein ehemaliger Bäcker, der vielleicht knusprige Brötchen backen konnte, aber Mühe hatte Roggen von Gerste zu unterscheiden.

Natürlich gab es auch Brigadiere, welche die Arbeiten einteilten und bestimmten, was, wann, wo gemacht werden musste. Aber irgendwie schien es, als wären diese sogenannten Führungskader mehr nach ihrer Gesinnung als nach ihren Fähigkeiten ausgewählt worden.

Karl sah mit Grauen auf das genossenschaftliche Treiben. Alles in einen Pott zu schmeißen konnte nicht gut sein. Vom Waschen hatte Karl zwar nicht viel Ahnung, aber so viel wusste er doch, dass Kochwäsche, Buntwäsche und Feinwäsche nicht zusammen in einen Kessel gehörten. Wie konnte einer, der seine Ackerfurchen schnurgerade zog, sich mit jemandem zusammentun, dessen Weizenhalme nicht höher als das liebe Gras wuchsen? Wie konnte einer, dessen Kühe drall und glänzend auf der sommerlichen Weide stolzierten, sich mit jemandem zusammentun, dessen Milchausbeute nicht mehr als zehn Liter pro Tier und Tag betrug? Wie konnte einer, bei dem sogar der Hahn Eier legte, sich mit jemandem zusammentun, dessen Hühner weiße Beine und nackte Hintern hatten? Bei Karl wuchsen die Bohnenranken bis in den Himmel. Er könnte hinaufklettern, aber wozu brauchte man schon ein Huhn, das goldene Eier legte, wenn die irdischen Hühner die weißen Ovale in so verschwenderischer Anzahl in ihre Nester klackerten. Wie also konnte einer, dem scheinbar alles geriet, sich mit Leuten zusammentun, für die eine Kuh nichts weiter als ein wandelndes Euter war, aus dem man die Milch irgendwie herausquetschen musste. Wie und wodurch sie da hineinkam, war egal.

„Egal is achtundachtzig“, sagt Karl, und „Die Kuh melkt durch dat Maul. Wat die fressen soll, muss ick auch essen könn. Heu muss duften wie Pfefferkuchen, nich stinken wie verschimmelte Marmelade. Duften muss dat. Und wenn dat Huhn ein’ treckcn lässt, fällt Weihnachten und Ostern up einen Tach.“

Und doch weiß Karl, dass jemand den Stöpsel aus der Badewanne ziehen will. Noch sitzt er drauf, aber lange wird er wohl nicht mehr aushalten. Man kann das Wasser auch rauslassen ohne den Stöpsel rauszuziehen, indem die Badewanne mit dem Vorschlaghammer zertrümmert wird.

Im LPG-Büro wird von einer geheimen Kommission beraten, wie dieser Vorschlaghammer aussehen soll. Arthur Gurke, eines der ersten Genossenschaftsmitglieder, plädiert dafür Karl Lewin besoffen zu machen, um ihn zur Unterschrift zu bewegen.

„Du glaubst wohl, Karl ist genauso düsig wie du, alter Suffkopp.“ Hans Krüger zündet sich einen dicken Stumpen an und stößt blaue Dampfwolken aus. „Ich versteh sowieso nicht, warum Karl unbedingt Mitglied werden soll. Wenn er nicht will, will er nicht.“

„Du hast gut Reden“, sagt der Vorsitzende Heini Ballmann, „dir rückt ja auch keiner auf die Pelle. Dreimal am Tag rufen die vom Bezirk jetzt schon an und machen Druck. Wir wären nicht in der Lage einen einzelnen Querulanten zur Räson zu bringen und machten uns damit zum Handlanger des Klassenfeindes. Die Losung ‚Der Apfel ist reif‘ gelte für alle. Als ich das Karl gesagt hab, hat er gemeint, den Apfel möchte er nicht essen, der is madig.“

Kielschwein kommt auf die radikalste und seiner Meinung nach einfachste Lösung.

„Wir fackeln ihm einfach den Stall ab.“

Hans Krüger schlägt mit der Faust auf den Tisch, dass der Aschenbecher hochspringt und die Kippen umherfliegen.

„Man könnte meinen, wir sind hier im Kindergarten. Besoffen machen, Stall abfackeln, Mensch das ist doch kein Spaß nich. Karl war immer der Beste und das scheinen ihm einige nicht zu gönnen. Ist doch klar, dass der keine Lust hat seinen Musterbetrieb mit ehemaligen Gammelhöfen zusammenzuschmeißen. Wenn’s nach mir gegangen wäre, hätte ich damals auch nicht gleich aufgegeben. Nur damit meine Frau ihren Lehrerposten behalten konnte, bin ich so schnell eingetreten. Ich glaube aber, dass Karl im Grunde schon weiß, dass er sich auf Dauer alleine nicht halten kann. Aber er ist ja auch ein unglaublicher Sturkopf und wird bestimmt nicht einfach so klein beigeben. Wir müssen ihm eine faire Chance geben.“

„Du bist ’n oller Klugscheißer“, grunzt Kielschwein, „Faire Chance, aber wie die aussehn soll, weißt du selber nich.“

„Und ob ich das weiß.“ Heini Ballmann rutscht unruhig in seinem Sessel hin und her.

„Nu spuck’s schon aus, damit wir diese Sache endlich bereinigt kriegen!“

„Also“, sagt Krüger, „ich hab mir gedacht, wir machen das so wie früher die großen Heerführer. Wenn die ’n bisschen Grips im Kopf hatten und großes Blutvergießen vermeiden wollten, wurde die Schlacht entschieden, indem der eine Anführer gegen den anderen kämpfte. Das Heer, dessen Anführer verloren hatte, musste sich den Feinden bedingungslos unterwerfen.“

„Ich glaub, jetzt bin ich aber im Kindergarten.“ Kielschwein tippt sich an die Stirn und grinst. „Da können wir ja auch gleich ’ne Runde Mensch-ärgere-dich-nicht spielen.“

„Eben nicht“, sagt Krüger, „Das muss ganz groß aufgezogen werden, so mit Pauken und Trompeten. Das ganze Dorf soll dabei sein.“

„Und denn?“ Ballmann guckt. als ob er nicht recht versteht, worum es geht.

„Denn musst du nur noch gewinnen und die Sache ist erledigt.“

„Ich soll gegen Karl kämpfen?!“

„Na klar, du bist der Chef.“ Ballmann wird plötzlich aschgrau im Gesicht.

„Na, Mensch, ich weiß nicht so recht. Wisst ihr noch, wie Karl damals in Hinneks Scheune den Bullen umgeschmissen hat? Mann, das Viech war so groß wie ’n Elefant. Der wollt Hinnek aufspießen, und als Karl dazu kam, is der ihm einfach auf ’n Rücken gesprungen, verkehrt herum, und hat sich im tollsten Galopp runtergebeugt und den Bullen so fest die Eier zugekniffen, dat der auf de’ Seite gefallen is. Und gegen den Verrückten soll ich antreten?“

„Hast wohl Angst, dass Karl mit dir dasselbe macht?“

„Na klar, Mensch, dat is doch nich auszuschließen. Ick brauch meine Bonbons noch. Als Krüppel will meine Olle nüscht mehr von mir wissen.“

„Du sollst mit Karl doch auch nicht ringen. Hast du noch die Ritterrüstung, die du damals aus dem Schloss geklaut hast?“ Heini nickt.

„Prima, dann veranstalten wir ein richtiges Ritterturnier. Wer zuerst vom Pferd fällt, hat verloren."

„Wenn das man gut geht", seufzt Ballmann. Damit ist die Sache besiegelt.

Einen Tag nach der Versammlung ist die Geschichte im Dorf rum. Else Lewin pflückt gerade Brennnesseln für das Gösselfutter, als Erna Gurke ihr die Neuigkeit über den Gartenzaun zuruft. Sie gibt ihr den Rat Karl zum Verlieren zu überreden, dann wäre das Problem doch endlich gelöst. Er müsste sich beim Kampf ja bloß vom Pferd fallen lassen. Die hat wohl schon wieder 'ne Buddel leer gemacht, denkt Else. Karl zum freiwilligen Verlieren zu überreden, da würde wohl eher der Kuckuck seine Eier selber ausbrüten. Und dass Karl den dicken Ballmann nicht vom Pferd schubsen würde, war genauso unmöglich.

Trotzdem bleibt ein kleiner Hoffnungsschimmer, dass doch noch alles gut werden könnte. Else kann ihren Mann gut verstehen. Unter welch unsäglichen Mühen hatten sie ihre kleine Wirtschaft aufgebaut. Nichts, reineweg gar nichts hatten sie am Anfang. Die Besitzurkunde, auf der stand, dass sie Eigentümer von acht Hektar Land waren, sagte nichts darüber, womit sie dieses Land bearbeiten sollten.

Der Kuhstall, den sie gebaut hatten, war nur zur Hälfte aus Steinen gemauert, den Rest hatte Karl aus Brettern zusammengezimmert, weil keine Steine mehr zu bekommen gewesen waren. Zu ihrem ersten Pferd waren sie durch einen glücklichen Zufall gekommen. Die Russen hatten bei ihrem Abzug aus dem Dorf das kranke Tier einfach zurückgelassen. Karl hatte es gefunden. Vollkommen abgemagert und lahm auf allen vier Hufen, lag es auf einem kaputten Laster, von dem es nicht mehr herunterkam. Karl hatte es mit ein paar Männern aus dem Dorf nach Hause geschleppt. Keiner hatte daran geglaubt, dass aus dem Tier jemals wieder ein brauchbares Arbeitspferd würde.

„Der hat die galoppierende Schwindsucht, dat wird nüscht." Der Kopf des Tieres schien größer als das ganze Pferd.

„Na, wat macht euer Pferdekopp?", lästerten einige, wenn sie Karl auf der Straße trafen.

„Der legt Eier, wie sich dat gehört“, sagte Karl dann. Als Wochen später zu Pfingsten der Festzug durch das Dorf marschierte, stand Karl vor dem Hoftor und hörte sich ganz ruhig die üblichen Witze an.

„Na, Karl, hat der Pferdekopp heute schon sein Ei gelegt?“

„Nee“, hatte Karl gesagt, „dazu hat er heut noch keine Zeit gehabt.“ Daraufhin öffnete er das Tor, hinter dem ein herrlicher Rappe wartete, der ungeduldig mit den Hufen scharrte und beim Anblick der Massen leise wieherte. Das Tier wäre eines Napoleon würdig gewesen! Da der aber Schimmel bevorzugt hatte, gehörte es jetzt Karl, der sich hinaufschwang und sich wie selbstverständlich an die Spitze des Zuges begab.

„Wie heißt denn der schwarze Deuwel?“

„Na, wie soll der schon heißen?“, sagte Karl. „Iwan natürlich.“

Gott, was war Else damals stolz auf Karl gewesen, wie er da vorneweg ritt, kerzengerade im Sattel sitzend. Selbst Iwan, der allerdings nur Russisch verstand, schien irgendwie das Besondere zu spüren und reckte den langen Schwanenhals mit der seidigen schwarzen Mähne in so edler Pose, dass die Leute am Straßenrand überlegten, ob sie sich nicht verbeugen sollten.

Iwan hatte viele Jahre gute Dienste geleistet. Vor kurzem war er gestorben. Jetzt stand ein neues Pferd im Stall. Ein junger Hengst, noch nicht kastriert und ziemlich kitzlig. Wenn sich rossige Stuten in der Nähe befanden, war mit dem Tier nichts anzufangen, dann hatte selbst Karl Mühe mit ihm zurechtzukommen.

Else Lewin war eine Ausnahmeerscheinung in der bäuerlichen Welt. In ihrem Erbgut tummelten sich Gene, deren Herkunft rätselhaft waren. Allerdings konnte sie ihre Ahnenreihe längst nicht so weit zurückverfolgen wie Karl und wusste nur von Vorfahren, die, wie sie selbst fest an irgendeiner Erdscholle geklebt hatten, deren wechselnden Zustand sie im Rhythmus der Jahreszeiten beackert und beerntet hatten. Rein körperlich schien Else für dieses Leben geschaffen zu sein. Ihre große, kräftige Figur schien unerschütterlich und war ein zuverlässiges Bollwerk, das den Vorteil bot sich selbst an die Stelle zu begeben, an der es gebraucht wurde. Ihre Kraft entsprach immer genau der Härte der Arbeit, ein Zuviel oder Zuwenig gab es nicht. Die Einteilung war ebenso perfekt wie notwendig, um ein derart großes Arbeitspensum zu erledigen.

Sechs Kinder hatte sie geboren, die bis auf Betty und Hannes längst eigene Familien gegründet und sich in der Fremde niedergelassen hatten. Obwohl die beiden längst erwachsen waren und in der Wirtschaft kräftig mithalfen, war die Arbeit nicht weniger geworden. Der Wohlstand forderte seinen Preis und wog manchmal schwerer als Blei. Besonders im Sommer schienen die Tage oft endlos zu sein. Der Winter war etwas ruhiger, trotzdem mochte ihn Else nicht besonders.

Schnee und Kälte legten sich wie riesige Feldsteine aufs Gemüt, und die dicken Eisblumen an den Fensterscheiben in Flur und Küche umklammerten mit ihren bizarren Verästelungen das Herz und ließen das Blut gefrieren. Mit der Rückkehr der Schwalben im Frühling kehrte das Leben zurück. Von allen Vögeln liebte Else die Schwalben ganz besonders. Irgendwie fühlte sie sich verwandt mit ihnen, wenn sie so pfeilschnell durch die Luft katapultierten oder ganz weit oben im Himmelsblau standen und schönes Wetter kündeten. Wenn die Vögel sich im Herbst sammelten und davonzogen, überkam Else eine schreckliche Wehmut und der Wunsch als Däumelinchen mit auf große Reise zu gehen.

Das morgendlichen Erwachen wurde begleitet von einem vielstimmigen Gezwitscher. Auf den Stromdrähten, die sich quer über den Hof zogen, saßen dicht gedrängt Mehl- und Rauchschwalben und wippten mit den gegabelten Schwänzen. Überall an und in den Ställen klebten die Vögel ihre seltsamen Nester an die Wände, in denen sie zahlreiche Junge aufzogen, deren Nahrung leicht zu beschaffen war, lebten sie doch in einem Schlaraffenland. Manchmal stellte sich Else vor, wie es wäre, ein paar der Tiere zu fangen und als lebendige Fliegenfänger in der Küche auszusetzen. Doch derartige Gedankenblasen zerplatzten schnell beim Anblick der ganz enormen Kotproduktion.

So zog Else es vor die Tiere zu zeichnen. Es waren schnell hingeworfene Skizzen, die sie auf allem, was gerade zur Hand war, festhielt. Im Winter, wenn Else genug hatte vom Schafwollespinnen und Sockenstricken, holte sie ihre gesammelten Papierschnipsel aus einem alten Schuhkarton hervor und benutzte sie als Vorlagen. Ein kleiner, wohlbehüteter Tuschkasten mit Wasserfarben und ein Zeichenblock, den sie sich jedes Jahr von Karl zu Weihnachten wünschte, waren die Grundlage ihrer kleinen Malerwerkstatt.

Else malte den Frühling und den Sommer, Kühe auf der Weide und die Schmetterlinge in Nachbars Garten, den Dorfteich mit Schwänen und die alte Linde vorm Haus, aber nie durften Schwalben auf ihren Bildern fehlen. Karl hatte sie zu einem Weihnachtsfest damit überrascht ihre sämtlichen Bilder zu rahmen. Danach wurden diese im ganzen Haus verteilt, welches dadurch eine ganz besondere Note erhielt, denn Elses Bilder lebten.

An einem kalten Wintertag von draußen kommend den Hausflur zu betreten bedeutete eine Zeitreise zu machen. Nichts überraschte den unverhofft Hinschauenden mehr als die fette, warzige Kröte gleich neben der Tür. Die großen, bernsteinfarbenen Glotzaugen versetzten den Betrachter fast in Hypnose und ließen ihn erschrocken vorwärts schreiten, um sich beim Anblick der roten und weißen Pfingstrosen, die man am liebsten gepflückt hätte, zu erholen.

Einen ganz besonderen Platz hatte ein Bild mit blühenden Kirschbäumen, die mit ihren Astfingern in dicke, graue Regenwolken piekten und sich unter den löchrigen Wattebauschen duschten. Diese Frühlingsimpression hing über der Eingangstür zum Wohnzimmer und verleitete dazu beim Eintreten den Kopf einzuziehen und schützend zwischen die hochgezogenen Schultern zu ducken. Karoline hatte gegen die Bilder immer protestiert, weil sie glaubte, dass eine solche Natürlichkeit gefährlich wäre und aus dem Rahmen fallen könnte, um ein Eigenleben zu beginnen. Sie hatte den Eingang zum Wohnzimmer nie ohne aufgespannten Regenschirm durchschritten.

Else war drei Jahre jünger als Karl, ihr Haar wurde langsam weiß. Nur vereinzelte hellblonde Strähnen erinnerten an die Zeit der Hochblüte, als es die Farbe reifer Weizenkörner gehabt hatte und in weichen Wellen, zu einem dicken Knoten gewunden, am Hinterkopf zusammenfloss. Das Funkeln ihrer smaragdgrünen Augen hatte Karl fast verrückt gemacht. Und obwohl er niemals in seinem Leben einen Smaragd zu Gesicht bekommen hatte, wusste er ganz genau, dass ein solcher Edelstein nicht anders aussehen konnte als Elses Augen.

Else hatte ein vollkommen ebenmäßiges Gesicht, in dem alles so harmonisch zusammenpasste, dass es von einer fast beängstigenden Schönheit war. Man konnte sie nicht lange anschauen ohne in eine seltsame Rührung zu fallen, die einem fast Tränen in die Augen trieb.

Es war keine makellose Schönheit, deren engelsgleiche Ausstrahlung sich über den Betrachter ergoss. Eigentlich war es genau das Gegenteil, das Irdische und Natürliche. Eine Komposition aus Feuer, Wasser, Luft und Erde.

Diese glückliche Verbindung der Urelemente hatte aus ihr ein Wesen gemacht, das immer wieder erstaunt und verlegen war über die Wirkung ihrer bloßen Anwesenheit auf Menschen. Dann lächelte ihr volllippiger Mund, der keinesfalls zu klein geraten schien, sondern in wunderbarem Einklang mit ihrer kräftigen, aber fein ziselierten Nase stand, an deren Wurzel sich die schön geschwungenen, sinnlich breiten Augenbrauen fast berührten. An den Ohrläppchen baumelten zierliche Silberherzchen, in die die Aufschrift „Hab mich lieb“ eingraviert war – Karls Verlobungsgeschenk, das sie bis an ihr Lebensende tragen würde.

Else hat die Brennnesseln in einen Holztrog gegeben und zerstampft sie, zusammen mit gedämpften Kartoffeln und Schrot, zu einer schieren Masse. Die Gössel sind in diesem Jahr ein bisschen mickrig und ziemlich anfällig. Aber bis zum Herbst ist es noch lange hin, Zeit genug, um sie fett zu füttern bis zum Schlachten.

Wenn später, im Oktober, Gänsekeulen und Gänsebrüste im Rauch hingen und sich in Spickgans verwandelten, war die Einbringung der Wintervorräte abgeschlossen. Zum Schlachtfest gab’s Gänsestütze und Grieben, so fettig, dass die Gallenpillen immer bereit stehen mussten. Hälse, Mägen und Flügel wurden sauer gekocht und eingeweckt. Und aus dem Blut der Gänse kochte Else eine Schwarzsauer, in der süße Mehlklüter schwammen. Als Beilage wurden Gänsefüße gereicht. Für den heutigen

Konsumenten dürften derartige Delikatessen eine Zumutung darstellen, da dieser gewohnt ist seinen Gaumen von schön verpackten sogenannten Lebensmitteln kitzeln zu lassen, deren Farbe und Geruch oftmals nichts mit dem Inhalt zu tun haben. Salami oder Schmierwurst, deren Name auf den Inhalt von Mäusefleisch schließen lässt, ist nicht bekannt. Und doch weiß man von der Existenz riesiger Ratten- und Mäuseaufzuchtfarmen, in denen die Tötung der Tiere in speziellen Schlachthäusern erfolgt, um gleich darauf in einer hochmodernen Fleischverarbeitungsanlage in Lebensmittel verwandelt zu werden.

Ein Bauer hatte den Vorteil zu wissen, was er aß und war bemüht nichts fortzuwerfen, wenn es nur schmeckte. Und vielleicht auch aus Achtung vor dem getöteten Tier, das er mit aller Liebe und Sorgfalt aufgezogen hatte. Je mehr Liebe und Sorgfalt der Bauer bei der Aufzucht seiner Tiere walten ließ, desto besser gerieten sie und reiften ihrer Schlachtung um so schneller entgegen.

Der Ausdruck „vor Liebe sterben" entstammt dem bäuerlichen Milieu und ist eine humane Umschreibung dessen, was täglich auf einem Bauernhof abging. Da verlor vor lauter Liebe das Huhn unter dem Beil seinen Kopf und musste nach Abtrennung desselben halsüber in einen Eimer gesteckt werden, weil es sich flügelschlagend gegen diese Kopflosigkeit aufbäumte. Hühner konnten auch ohne Kopf noch durch die Gegend rasen und verzweifelt nach ihm suchen, vermochten ihn jedoch nicht zu finden, weil sie ohne Kopf nichts sehen konnten.

Das lang gehätschelte und geliebte Schwein wurde an einem frostigen Wintermorgen aus dem Stall getrieben, worüber es so erschrak, dass es jämmerlich quiekte. Der Schlachter erbarmte sich seiner Qual und stach es ab. Ein scharfer Stahl drang in den Hals des Tieres, aus dem unmittelbar danach eine Fontäne von Blut schoss, das in Eimern aufgefangen wurde, um später zu Tollatsch verarbeitet zu werden. Ähnlich erging es den Gänsen, Puten und was sonst noch dazu geboren war „vor Liebe zu sterben".

Elses Hände, die mit Pinsel und Farben so lebendige Bilder malten, konnten mit gelassener Selbstverständlichkeit den tödlichen Beilhieb ausführen, der ein Huhn kopflos machte. Genauso wie sie die Gänse im Herbst mit einem Stich in den Kopf tötete, um sie dann, sie geduldig auf ihrem Schoß haltend, ausbluten zu lassen.

Der warme Frühlingsabend macht die Frösche im Dorfteich verrückt. Dicht an dicht liegen die Schallblasen auf dem Wasser, als hätte jemand Fit hineingeschüttet und ordentlich drin rumgerührt. Die quakende Geräuschglocke schwebt wie ein riesiger Stereolautsprecher über dem Dorf und löst die unterschiedlichsten Meinungen bei den Zuhörern aus.

„De Poggen sind hüt wedder rein verrückt. Dat hüllst im Kopp nich' ut", schimpft Else.

„Ooch", sagt Betty, „und ick find dat so schööön. Dat is wie Balsam für die Nerven." Karl, der sich unter Balsam nichts Anderes als eine fettige Salbe vorstellen kann, ist sich nicht sicher, wie Betty das Zeug in ihren Kopf hineinkriegt und versucht an ihr einen Trichter oder etwas Ähnliches zu entdecken.

Karl sitzt vor der Haustür auf der Bank und pafft seine zerkaute Tabakspfeife. Else sitzt neben ihm. Sie hat ihr Strickzeug im Schoß und lässt die Nadeln klappern. Ab und zu schult sie über den Rand ihrer Brille in den Blumengarten, wo Betty dabei ist das Unkraut auszurotten. Karl kann nichts Auffälliges an ihr entdecken und starrt wieder grübelnd auf die Erde. Else hat ihm die Neuigkeit erzählt, und er hat beschlossen sich auf das Spielchen einzulassen. Das Froschgequake bricht abrupt ab. Die plötzliche Stille ist unangenehm und seltsam. Betty versucht ihrem Nervenbalsam nachzuspüren, nimmt in der Ferne schon etwas wahr, was Else und Karl noch nicht hören.

„Ick glöv, wir kriegen Gewitter, dat donnert schon", sagt sie und dreht einer langstieligen Butterblume, die sich zwischen den gelben Margeriten versteckt, den Lebensfaden ab. „Dat Mist macht sich aber auch überall breit."

Die Butterblume hat ausgebuttert. Sterbend hebt sie noch einmal ihr goldenes Haupt und blinzelt zu den Margeriten empor, die auch nicht gelber sind und verächtlich mit den Blütenblättern wackeln. Dann verliert sie das Bewusstsein und stirbt. Im nächsten Frühjahr wird sie als pechschwarze Wetterwolke erscheinen und Betty mitten auf dem Feld mit einer Ladung amseleigroßer Hagelkörner überraschen.

Mit rasantem Tempo nähert sich das Gewitter. Die Donnerschläge sind jetzt unüberhörbar und scheinen einem Plan zu folgen.

„Dat's ja 'n komisches Gewitter“, sagt Karl und geht, misstrauisch geworden, zum Gartenzaun.

Am Ende der Dorfstraße entdeckt er das näher kommende Unwetter. Es heißt Kielschwein und trägt eine riesige Pauke vorm Bauch, auf der es donnert. Kielschwein hat auf Anordnung des LPG-Vorsitzenden feierliche Kleidung angelegt. Der schwarze Frack seines Urgroßvaters ist etwas reichlich, aber dem Anlass durchaus angemessen. Bei jedem Paukenschlag wippt der Schwalbenschwanz erschrocken in die Höhe und versucht zu fliehen. Opas blanker Zylinder steht Kielschwein besonders gut zu Gesicht. Da sieht man mal, wozu so schöne große Dallohren alles nützlich sind: eine bessere Bremse für einen zu großen Hut kann man sich gar nicht vorstellen.

Kielschwein bildet die Vorhut der Gesandtschaft zur Überbringung der Kampfaufforderung an Karl Lewin. Die kleine Gruppe, die anfänglich aus fünf Leuten bestand, ist inzwischen zu einem ansehnlichen Trupp herangewachsen und zieht sich wie ein riesiger Lindwurm die Dorfstraße entlang. Der Lindwurm wächst und wächst. An jedem Haus, das er passiert, erhält er neue Nahrung. Im hinteren Teil des Lindwurms sind Ziel und Grund der Reise vollkommen unbekannt. Ein Durchfragen nach vorne ist der gewaltigen Lautstärke wegen unmöglich geworden, da sich in den Mittelteil des Zuges ein höchst vitaler Musikant eingereiht hat.

Schlappen-Schulzes Stimmgewalt ist nicht gerade ein Ohrenschmaus, macht aber Stimmung und gute Laune, wenn man gut ausgeschlafen ist und belastbare Nerven hat. Seine Stimmlage erinnert an italienische Kastraten des siebzehnten Jahrhunderts, manchmal auch an rollige Katzen. Wohlwollend ausgedrückt ist Schlappen-Schulze ein Countertenor. Diese höchst seltene Stimmlage löst im bäuerlichen Lager Misstrauen und Unbehagen aus und bringt Schlappen-Schulze etliche Puffe und Rippenstöße ein. Aber der lässt sich nicht vergraulen, er hat's im Blut und ist der Meinung, „Singe, wem Gesang gegeben!“

Auf seinem Hängebauch liegt, bequem gebettet, ein verschrammtes Akkordeon, dessen vergilbte Knöpfe schon sehr abgegriffen sind und teilweise gar nicht mehr funktionieren. Aber solche Lappalien sind für Schulze vollkommen unerheblich, richtig spielen kann er sowieso nicht, das Instrument dient lediglich der Untermalung seines Vortrages. Der Künstler haut auf die Knöpfe, reißt und schiebt, das die Falten nur so knittern. Da er annimmt sich im Datum geirrt zu haben und das Ganze für einen Festumzug zum ersten Mai hält, hat Schulze sein Repertoire entsprechend angepasst, davon ist er jedenfalls überzeugt.

Am Kampf- und Feiertag aller Werktätigen muss auch der Waschfrauen gedacht werden. Die Huldigung dieses Berufsstandes klingt aus Schlappen-Schulzes Mund besonders schön. Die gestikulierende Untermalung gibt dem Vortrag einen ganz besonderen Pep und soll zum Mitmachen einladen.

„Zeigt her eure Füße", Schulze schmeißt sein linkes Bein gestreckt in seitliche Linksrichtung, tippt grazil mit den Zehenspitzen auf den Boden und bringt seinen linken Nachbarn ins Straucheln. „Zeigt her eure Schuh!" Schulze schmeißt sein rechtes Bein gestreckt in seitliche Rechtsrichtung, tippt grazil mit den Zehenspitzen auf den Boden und bringt seinen rechten Nachbarn ins Straucheln.

Zum Glück hat das Lied genug Strophen, um Schulzes Nachbarn Gelegenheit zu geben sich auf seine Ausfälle einzustellen. Leider passiert ausgerechnet bei der letzten Strophe doch noch das Unglück. Bei Schulzes Hinterfrau hat die Konzentration nachgelassen, sie tritt ihm in die abgelatschten Schlappen und läuft ungebremst auf. Schlappen-Schulze fühlt seinen linken Fuß an den Boden genagelt, ausgerechnet in dem Moment, als er das rechte Bein zur Seite streckt. Er macht eine Grätsche und fällt um. Nun beginnt der hintere Teil des Lindwurms zu wanken und zu schwanken, seine Bestandteile purzeln auf die Straße und rollen durcheinander. Die Vorderhälfte des Lindwurms, mehr benebelt von Kielschweins Paukenschlägen, welche immer heftiger und dichter fallen, bemerkt nichts von dem Abfall und marschiert ohne Hinterteil weiter.

Aber Schulze ist ehrgeizig, so leicht kann man ihn nicht abschütteln. Trotz seiner behäbigen Fülle, hat er sich als erster aufgerappelt und hastet dem Vorderteil hinterher. Der Rest des Hinterteils folgt ihm im Laufschritt.

Nach wenigen Minuten ist die alte Ordnung wiederhergestellt. Schlappen-Schulze ist vorsichtig geworden und singt das Lied von den Moorsoldaten, die mit dem Spaten ins Moor ziehen. Schöner eintöniger Rhythmus, schleppende Melodie. Da wird ihm wohl keiner mehr in die Hacken latschen.

An der Spitze des Zuges entrollt der LPG-Vorsitzende Heini Ballmann jetzt die Fahne der Deutschen Demokratischen Republik und schwenkt sie über den Köpfen der Marschierenden. Ballmann sieht, dass Karl am Gartenzaun steht und will ihn mit der Fahnenschwenkerpose beeindrucken. Langsam wird Karl klar, was da auf ihn zukommt und er überlegt, was zu tun ist. Soll er hier einfach stehen bleiben und auf die Dussels warten? Nee, so einfach kann er es denen nicht machen.

„Betty, hol ma Napoleon her.“ Betty ist sofort im Bilde. „Nee, Pappi, dat kannst nich mach’n . Lott dat sin.“

Aber Karl lässt das nicht sein. Betty muss Napoleon vom Hühnerhof holen. Der hat aber gar keine Lust sich aus seinem Harem zu entfernen, schlägt Haken, wie ein Feldhase und sucht im Getümmel der aufgescheuchten Hühner nach Deckung. Betty hechtet sich tollkühn dazwischen und verfehlt ihn um wenige Zentimeter. Sie hält eine von Napoleons schönen Schwanzfedern in der Hand. Der ist darüber so aufgebracht, dass er flügelschlagend zu krähen beginnt und mit rollenden Augen auf Betty zurennt, die sich gerade noch rechtzeitig zur Seite schmeißen kann, um seinem kräftigen Schnabelhieb auszuweichen. Betty beschließt es auf die listige Tour zu versuchen und holt eine Schürzentasche voll Maiskörner. Sie stellt sich mit gegrätschten Beinen auf den Hühnerhof und streut die Körner dazwischen. Das Hühnervolk ist misstrauisch und rührt sich nicht vom Fleck.

Aber die Maiskörner leuchten so appetitlich in der Abendsonne und kommen als Betthupferl gerade recht. Vorsichtig kommt Napoleon heran. Seine Sporen wachsen so lang und imposant an den kräftigen Hahnenbeinen, dass er richtig breitbeinig daherkommt, was seine Männlichkeit außerordentlich unterstreicht. Betty ist zu einer Statue geworden. Noch ein Hahnenschritt, dann ist Napoleon in der Falle. Zack, Betty klappt die Beine zusammen und hält Napoleon in der Zange. Dem bleibt vor Schreck das Korn im Hals stecken. Er schreit und windet sich, Betty muss fest zupacken damit er nicht wieder entwischt. Den Damen scheint sein Schicksal vollkommen egal zu sein. Gierig stürzen sie sich auf die goldenen Maiskörner und haben nicht mal einen Blick für Napoleon, der in Bettys Armen den Hühnerhof verlässt.

Als Karl ihn in Empfang nimmt, wird er ruhig. Seine Aufmerksamkeit richtet sich auf das näherkommende Getöse. Das Blut schießt ihm in den Kamm, so dass es aussieht als ob Flammen aus seinem Kopf schlagen. Karl setzt ihn auf seine Schulter und hält ihn an den Beinen fest. Bei jedem Paukenrums schlägt Napoleon den krummen Schnabel in die Luft und hackt nach einem imaginären Feind.

Die Abgesandten sind nur noch fünfzig Schritte entfernt. Jetzt erkennt Heini Ballmann, dass Karl nicht allein ist. John Silver und sein Papagei, denkt er und wird aschgrau im Gesicht. Die Geschichte von dem verrückten Hahn kennt jeder im Dorf. Ballmann haut Kielschwein in die Rippen:

„Hör auf zu pauken, sonst kriegen wir Ärger mit Karl seinen Hahn."

Aber Kielschwein ist richtig angetörnt von dem Gedröhne und lässt sich nicht bremsen.

„Du wirst doch wohl vor den ollen Hahn kein' Schiss ham. Der kricht eins mit die Keule auf'n Kopp." Schon donnert der nächste Hieb auf das geplagte Trommelfell. Der Begriff „Herkuleskeule" muss umbenannt werden in „Kielschweinknüppel".

Jetzt sind sie direkt vor dem Haus. Kielschwein grinst Karl hämisch an und gibt noch mal sein Allerbestes. Gleich vergeht dir dat Grinsen, denkt Karl und grient. Napoleon ist kurz vor einem Kollaps, seine blutunterlaufenen Augen scheinen jeden Moment aus dem Kopf zu flutschen und rasen wie wild im Kreis herum. Ganz langsam lässt Karl seine Beine los, dann reißt er ruckartig seine Schulter nach oben und katapultiert den Wütenden in die Luft, schickt ihm noch ein bissiges „Fass!“ hinterher.

Napoleons Flügelspitzen sind längst wieder nachgewachsen, wie ein Kondor liegt er in der Luft und setzt zum Sturzflug an. Kielschwein nimmt Maß und lässt den Paukenknüppel durch die Luft sausen. Der Schlag könnte tödlich sein, Napoleons ganz persönliches Waterloo. Unvorstellbar, das stolze Tier im Kochtopf brodeln zu sehn. Bei seinem Alter und seiner sehnigen Muskulatur wären drei Stunden Garzeit das Minimum. Ein guter Hahn wird selten fett.

Aber Napoleon will noch nicht sterben, außerdem ist er viel schlauer als so ein blödes Kielschwein. Er hat nur eine Scheinattacke geflogen und ändert blitzschnell seine Richtung, indem er einen Haken schlägt und Kielschweins Keule ins Leere sausen lässt. Kielschwein hat sich den Arm ausgekugelt und quiekt vor Schmerzen. Als Napoleon die nächste Attacke fliegt, hält sich Kielschwein nur noch seinen linken Arm vors Gesicht, sodass der Hahn leichte Beute macht und sich den guten Zylinderhut von Opa krallt. Das hätte nicht passieren dürfen! Der Hut ist ein Erbstück und unersetzbar, so etwas kriegt man heute nicht mehr. Kielschwein schmeißt seinen linken Arm in die Luft und greift dem davonfliegenden Chapeau claque hinterher. Sein rechter Arm baumelt hilflos wie ein Bindfaden herunter und steht unter negativen Schwingungen.

Das lädierte Kielschwein tut Karl ein bisschen Leid. Napoleon nicht, der lässt seine Beute in den Vorgarten plumsen und stürzt sich drauf. Der Chapeau claque macht angesichts der Übermacht „klack“ und klappt zusammen. Napoleon ist verdutzt über diese Verwandlung. Ein Feind, der sich versteckt, fordert seine ganze Energie. Er hackt so lange auf dem Deckel herum, bis der sich vom Zylinder löst und traurig über die Gehwegplatten rollt. Der leere Rand bleibt angeschlagen im Gras zurück und friert. Karl hat genug Spaß gehabt, schnappt den Vogel an den Beinen und klemmt ihn unter den Arm.

Der stolze Lindwurm ist zu einem jämmerlichen Häuflein zusammengeschmolzen, der Rest befindet sich auf der Flucht.

Aber nicht Schlappen-Schulze! Der war zwar schlau genug, sein Konzert angesichts der mörderischen Vorfälle zu unterbrechen, ist aber jetzt, wo der Hund an die Kette gelegt ist, wieder mutig geworden und beginnt sein verrutschtes Instrument in Stellung zu bringen. Ihm ist sofort klar, dass jetzt etwas ganz Besonderes gespielt werden muss.

Und schon greift er in die Tasten und lässt seine silberhelle Stimme erklingen: „Von all unsern Kame-he-ra-den war keiner so lieb und so gut, wie unser kleiner Trompe-heter, ein lustiges Rotgardistenblut. Wie unser kleiner Trompe-heter, ein lustiges Rotgardistenblut ...“

Mit Trompeter meint Schulze natürlich Paukenschläger und hofft, dass die Anspielung verstanden wird. Aber er bekommt keine Gelegenheit ausführlicher zu werden. Schlappen-Schulze fühlt Karls stahlgraue Augen auf sich gerichtet und sieht wie der die Bestie unter seinem Arm hervorholt und in seine Richtung hält. Flammen schlagen aus dem Kopf des Untiers, es reißt das Maul auf und öffnet den Höllenschlund. Schulze versteht das Signal. Er ist nicht blöd und lässt den Rotgardisten Rotgardisten sein. So, wie nun weiter? Eigentlich sollte Kielschwein jetzt feierlich die Kampfaufforderung an Karl verlesen. Aber der befindet sich heulend und fluchend auf dem Heimweg. Wer könnte denn noch, Heini Ballmann bohrt seinen Blick unruhig in den verbliebenen Rest. Was für eine Blamage! Und schließlich kann er, als Vorsitzender, das Ding doch nicht selber vorlesen. Ballmann sucht nach seinen Vorstandsmitgliedern. Er ist entsetzt, nur noch Arthur Gurke ist da. Arthur Gurke? Nee, um diese Uhrzeit ist der normalerweise voll wie ’n Amtmann. Aber man kann ja mal sehen.

„Gurke, komm mal her!“ Ballmann faltet das mit Schreibmaschine beschriebene Blatt auseinander und hält es Arthur unter die Nase. „Kannst du das vorlesen?“

Arthur starrt angestrengt auf die tanzenden Buchstaben und schüttelt den Kopf.

„Also nee, Heini, wat is denn dat für ‘ne Sauklaue! Beim besten Willen nich.“

Ballmann wird schlecht. Erst die ganze Aufregung und jetzt auch noch dieses üble Geruchsgemisch aus Gurkes Rachen:

Knoblauch und Kartoffelschnaps, das haut den stärksten Mann aus den Pantinen.

„Du Heini, vielleicht kann ja Erna, meine Frau. Die kann gut lesen“, sagt Gurke, ein bisschen schuldbewusst.

„Lass man gut sein Arthur, das is nur was für Männer.“ Ballmann will Gurke nicht vor den Kopf stoßen. „Tritt mal ’n bisschen zur Seite Arthur.“

Ballmann strafft sich. Wenn’s denn gar nicht anders geht, muss er eben selber ran.

„Berndchen, bring mal den Wagen her.“ Berndchen bringt Papa den eigens dafür mitgeschleppten Ziehwagen. Berndchen ist Jungpionier und Klassenbester. Er trägt seine Pionierbluse und das hübsche blaue Pionierhalstuch mit einem akkurat gebundenen Pionierknoten. Berndchen ist sehr stolz auf seinen Papa und weiß, dass ein Redner erhöht stehen muss, damit ihn auch alle gut sehen und hören können. Eigentlich sollte er als Vorredner auf den Wagen steigen und die zehn Gebote der Jungpioniere auswendig aufsagen, aber als er eben hinaufklettern will, schiebt sein Papa ihn zur Seite. „Lass mal Berndchen, ‘n andermal vielleicht.“ Dabei hatte er den Pioniergruß so oft vor dem Spiegel geprobt, dass ihm hinterher jedes mal die Hakken weh taten.

Ballmann hat das Gefühl, dass die Gebote der Jungpioniere hier wohl doch nicht so recht am Platze sind. Er nimmt seinem Jungen das Megaphon aus der Hand und klettert auf den Wagen.

„Mensch Ballmann, wat is los mit dir?!“ Karl Lewin steht immer noch hinter seinem Gartenzaun und lacht, dass die Zaunlatten wackeln. „Seit wann brauchst du zum Quatschen ‘ne Flüstertüte? Bist du heiser?!“

Ballmann läuft knallrot an. Irgendwie kommt er sich jetzt ein bisschen lächerlich vor, auf dem Ziehwagen mit dem Megaphon in der Hand. Er räuspert sich verlegen und denkt nicht daran, dass die Flüstertüte schon an seinen Lippen hängt. Das harmlose Räuspern kommt wie das Knattern einer Kalaschnikow aus dem Trichter. Mehrere Schaulustige werfen sich auf die Straße. Jetzt ist Ballmann vollkommen aus der Fassung geraten. Hinterm Gartenzaun steht Karl Lewin und hält sich den Bauch.

„Du, Ballmann, kannst dat noch mal sag'n, dat hab ick gar nich verstanden!" Ballmann holt sein schneeweißes Taschentuch aus der Hosentasche und wischt sich den Schweiß aus dem Gesicht. So eine Blamage aber auch. Dabei hatte er sich alles so schön ausgedacht. Aber der verfluchte Hahn hat alles durcheinander gebracht. Ballmann läuft das Wasser in die Augen. Scheiß auf die Rede! Er knüllt den Zettel zusammen und wirft ihn auf die Straße.

Jetzt wird Ballmann wütend. Seine Stimme ist ein donnernder Orkan und stürmt mit zweihundert Sachen aus dem Megaphon. Amsel, Drossel Fink und Star verlassen erschrocken ihre Sitzplätze. Ein unheimliches Rauschen peitscht die Luft.

„Der Apfel ist reif!"

Ballmann ist von der Macht seiner Stimme angenehm berührt und fasst wieder etwas Mut. Karl hat inzwischen die „Freie Erde" geholt, für was muss die Zeitung ja gut sein. Er dreht sich einen Trichter und schreit Ballmann die Antwort hinein.

„Wann willst du ernten?!"

„Am ersten Mai, um punkt zehn Uhr, beritten und in Waffen!"

„Ick werd' da sein Ballmann, mach dich warm." Damit ist die Vorstellung für Karl beendet. Er dreht sich um und geht ins Haus. Das Leben ist eine Badewanne, denkt er und schließt die Tür.

2

Betty Lewin war fünfunddreißig Jahre alt und hatte den Ruf unverwüstlich zu sein.

„Die kann racken bis zum Umfallen", sagten die Leute. Beim Rübenverziehen war sie immer vorne weg. Wenn die anderen die Hälfte ihrer ersten Reihe geschafft hatten, kam Betty ihnen auf der Hälfte ihrer zweiten Reihe entgegen. Ihre Arme waren sehnig und muskulös. Besonders die Oberarme ähnelten einem gedrechselten Tischbein, bei jeder Bewegung schwupste und zuckte es unter der gebräunten Haut, als wäre es Bizeps und Trizeps zu eng in ihrem Stübchen. Betty fand das scheußlich. Sie meinte, so etwas gehöre sich bei einer Frau nicht.

Ansonsten war an ihr alles in Ordnung. Ihr langes kastanienbraunes Haar war mit einer Wasserwelle in Form gebracht und lag adrett auf den Schultern. Als Kind seien ihre Haare ganz blond gewesen und hätten bis zum Hintern gereicht, sagte Betty. Zum Beweis hob sie ihre Kinderzöpfe in einer Plastiktüte auf. Unglaublich lang waren sie, fast rapunzelös und dick und hellblond. Doch auch mit kastanienbraunem Haar sah Betty sehr hübsch aus.

Sie war nicht besonders groß, aber schlank und verstand es sich richtig elegant anzuziehen. Wenn sie mit dem Bus in die Stadt fuhr oder zum Tanz ging, sah sie aus wie eine vornehme Dame. Beim Kaffeetrinken spreizte Betty ihren kleinen Finger ganz grazil vom Tassenhenkel weg in die Luft. Else ärgerte sich über solches Getue und schimpfte:

„Kind, hull doch de Tass orndlich wis. Wie süht denn dat uht.“

Betty war nicht verheiratet und hatte auch keinen Freund, obwohl es an Bewerbern nie gemangelt hatte. Die Messlatte ihrer Ansprüche lag sehr hoch und wuchs stetig mit ihrem Alter. Wozu sollte sie sich einen Kerl ins Haus holen? Dreckige Unterbüchsen zu waschen sah sie nicht unbedingt als ein Privileg. Sie liebte keine halbherzigen Sachen, und nur zu heiraten, um unter der Haube zu sein, war nicht ihr Ding. Bettys Element war alles, was mittels Photosynthese grüne Farbe produzierte und den kulturellen Ritterschlag erhalten hatte.

Mit den Wildpflanzen hatte sie es nicht so, weshalb sie mit ihrer Großmutter Karoline in ständiger Fehde gelegen hatte. Bettys Hauptärgernis war ein Holunderbusch gewesen, der sich vor einigen Jahren im hinteren Teil des Vorgartens frech und protzig angesiedelt hatte. Eigentlich war dies ein Platz, dem Betty ihre Pflanzenkinder nie anvertraute, da er die meiste Zeit des Tages im Schatten des Hauses lag. Aber Holunder war etwas Unordentliches und gehörte nicht in eine kultivierte Landschaft. Nicht einmal beschneiden durfte sie ihn.

Mit den Jahren hatte sich das Sträuchlein zum Busch gemausert und schmiegte sich zäh an die dicken Mauern des Hauses, in deren Schatten es sich duckte, wenn Betty ihm wütende Blicke zuwarf. Für Karoline war die Holunderpflanze der Inbegriff ihrer mystischen Sehnsüchte. Sofort nach Entdeckung der Pflanze im Frühjahr hatte sie diese unter ihren Schutz gestellt und unter Androhung sämtlicher Flüche gegen Betty verteidigt.

„Der Holunderbaum ist heilig, er hat Wunderkräfte und bringt dem Bauern Segen."

Wenn der Holunder seine weißlichen, stark duftenden Doldenschirme entfaltete, war das für Karoline ein prophetisches Zeichen, dass vier Wochen nach der Blüte das Getreide reif zur Ernte war. Bei langer Blüte stand nach ihrer Erfahrung eine lange Ernte bevor. Verblühte er schnell, würde die Ernte bald vorüber sein. „Herrgottsapotheke" nannte sie ihren Holunderbusch oft, wenn sie aus seinen Blüten den sogenannten „Fliedertee" herstellte, den sie erfolgreich bei fiebrigen Infektionen der Atemwege, bei Grippe, Bronchitis, Rheuma und Keuchhusten anwendete. Aus den schwarzen Beeren bereitete Karoline ein vorzügliches mit Zucker gekochtes Kompott, das sehr heilsam bei Leberentzündungen und Magenleiden wirkte. Außerdem hielt Karoline immer ein paar gedörrte Holunderbeeren bereit, die dem Durchfall sehr entgegen wirkten.

Den Hollerbusch abzuschneiden brachte Unglück, und wer konnte etwas gegen eine Pflanze haben, deren Pracht, wenn sie in voller Blüte stand, durch nichts überboten werden konnte!

Betty hatte etwas dagegen.

„Dat Mist wächst doch überall."

Und weiter? War der Holunder deswegen weniger schön? Gab es einen stimmungsvolleren Abschied, als wenn sich die Stare im Herbst zu tausenden im gegenüberliegenden Gestrüpp, in den zahlreichen Holunderbüschen, niederließen und die schwarzen Beeren pfundweise bunkerten, um sich vor der großen Reise noch mal richtig satt zu futtern? Ein so verwirrender Singsang erfüllte die Luft, dass einem ordentlich schwummerig ums Herz wurde.

„Alles gut und schön", sagte Betty, „aber die dunkellila Schiete, die die Stare davon überall hinkacken kricht man im Guten nich mehr ab." Der Holunder am Haus blieb ein ewiger Zankapfel zwischen den beiden, es bestanden sozusagen antagonistische Widersprüche.

Else und Karl hatten das Wort Holunder aus ihrem Wortschatz verbannt, um nicht beständig ins Fettnäpfchen zu treten. Denn jede der beiden Naturschützerinnen schnappte nach dem Wort, wie der Hecht nach dem Karpfen und verlangte, von der neutralen Partei, Stellung zu nehmen, was jedes Mal endlose Diskussionen zur Folge gehabt hatte.

In diesem Frühjahr ist Karoline bereits zwei Jahre tot. Der Holunderbaum steht immer noch vor dem Haus. Er duckt sich nicht mehr in den Schatten, wenn Betty kommt, dazu ist er viel zu groß und rund geworden. Ab und zu bekommt er von Betty eine Kanne Wasser mit Kaffeegrund, ein leckerer Wachstumskatalysator. Betty hat ein kleines Windspiel in seine Zweige gehängt. Wenn der Wind günstig steht, kann sie Karolines Stimme hören.

Es ist ein aufregender Tag, voller hektischer Vorbereitungen. Betty hat sich ein nasses Handtuch ins Genick gelegt, um endlich das lästige Nasenbluten loszuwerden. Ihr Blutdruck hat Rekordhöhe erreicht und lässt sie auf einem feuerspuckenden Vulkan Tango tanzen.

Bloß kein' Bohnkaffee mehr trinken, denkt sie, sonst liech ick morgen im Krankenhaus. Ja, morgen! Morgen ist der erste Mai. Da soll sich vieles entscheiden. Und was da alles passieren kann!

Betty schleppt gemeinsam mit Else eine große Kiste vom Dachboden. Es ist der kostbarste Familienbesitz drin und kann gar nicht vorsichtig genug gehandhabt werden. Die Bodentreppe ist steil und schmal, die Kanten der Holzstufen sind mit Aluminium beschlagen und ganz schön rutschig, ein falscher Schritt, und es geht abwärts. Betty schiebt von oben, Else zieht nach unten. Vorsicht, Vorsicht – auf dieser Treppe hat sich schon mancher den Stütz abgeschrapelt!

Endlich ist die Kiste am Ziel. Else öffnet das Schloss und klappt den Deckel auf. Der Schatz ist sorgfältig in Holzwolle gebettet, die behutsam entfernt wird. Glänzendes Metall wird sichtbar und formiert sich, mit jeder Hand voll entnommener Holzwolle mehr, zu einem Hohlkörper. Einem sehr alten Hohlkörper, der aus einzelnen Teilen zusammengefügt ist, so dass es aussieht, als läge ein Mensch in der Kiste. Es ist fast ein bisschen gruselig. Betty öffnet vorsichtshalber mal das Visier, dessen quietschende Scharniere gegen die Ruhestörung protestieren. Nichts als hohle, schwarze Leere ist dahinter. Na, dann ist ja gut.

Es ist Blasius Rüstung, jene, mit der er Einzug, besser Einsturz hielt bei seiner Winnifried. Durch die Jahrhunderte vererbt, vom Vater an den ältesten Sohn. Betty ist froh, dass sie eine Tochter ist. Niemals würde sie sich in eine solche Blechbüchse quetschen. Ihr reicht schon das Putzen des Vehikels. Jede Menge „Elsterglanz“ und Leinentücher liegen bereit, um die Rüstung für Ritter Karls großen Kampf herauszuputzen. Früher gab es für so etwas Knappen. Aber die sind heutzutage knapp, wie der Name schon sagt.

Else und Betty breiten sich mit dem Rüstzeug auf der Bank vor der Haustür aus. Ein leichter Süd-Ost-Wind macht Karoline heute sehr gesprächig. Sie klappert so aufgeregt in ihrem Holunderbusch, als müsste sie morgen selbst die Rüstung tragen. Unter Karolines Nachlass hatte Betty ein dickes Schreibheft mit Gedichten gefunden. Wann Karoline sie geschrieben hatte, wusste niemand. Jetzt sind die kleinen Geschichten oft ein abendliches Vorlesevergnügen und sorgen für Heiterkeit. Einige kann Betty schon auswendig. Am besten gefällt ihr das über die Natur. Um die langweilige Arbeit ein wenig erträglicher zu machen und Else zu demonstrieren, wie gut ihr Gedächtnis funktioniert, sagt sie es auf. Im Holunderbusch wird es ganz still. Betty bemerkt es und spricht ein bisschen lauter:

„Naturgeflüster

Mutter Natur hat etwas vor,
steckt sich ein Sträußchen hinters Ohr.
Holt aus dem Schrank die rote Robe,
das beste Stück der Garderobe.

Ein Ohrring, aus dem Stein des Bern,
verziert ihr Läppchen, sehr modern.
Und auch der Hals hat etwas an,

ein Muschelkettchen hängt daran.
Sogar die Füße sind bekleidet,
obwohl Natur darunter leidet.
Doch heute muss und soll es sein,
sie steigt in ihre Kutsche rein.

Die Zeit ist knapp, der Weg sehr lang,
das Schneckenheer setzt sich in Gang.
Wohl an die tausend Weinbergschnecken,
herbeigeeilt aus Gras und Hecken,
Bewegen sich als Schneckenlok
und rennen wie ein Ziegenbock.

Die Hornantennen auf Empfang,
geht es den Holperweg entlang.
Da stehen links und rechts Spalier
die Blumen, Bäume, auch Getier.

Gar mancher würde gern was fragen,
doch ist der schön geschmückte Wagen
mit großem Tempo in der Spur.
So nickt man mit dem Kopfe nur.

Bloß ein Marienkäferlein
setzt sich der Mutter auf das Bein,
summt schrecklich traurig und geknickt:
„Ich weiß ja, dass es sich nicht schickt.

Mir kam ein Punkt heut früh abhanden,
wollt grade auf der Rose landen.
Nun gibt's bei Vater nichts zu lachen.
Kannst du mir einen neuen machen?"

Die gute Frau will ihn beglücken,
malt einen Kuller auf den Rücken,
küsst seine zarten Flügelspitzen,
lässt Schneckenpferde weiterflitzen.

Mutter Natur ist sehr in Eile,
rast durch die Gegend Meil um Meile.
Die Sonnenuhr zeigt längst schon eins,
da winkt am Waldesrand Karl-Heinz.

Der alte Rabe steht seit Tagen,
hält Ausschau nach dem Schneckenwagen.
Nun schreit er aufgeregt: „Krah-Krah,
die hohe Frau ist endlich da!“

Und führt sie durch die Baumallee,
durch Unterholz und Hasenklee
zur alten Eiche Gundula.
Die steht schon so viel Jahre da,

dass sie nur immer „Weiß nicht“, sagt,
wenn man nach ihrem Alter fragt.
Natur spricht leis zur zähen Alten
und streichelt sacht die Borkenfalten.

„Ich weiß, dass es dich echauffiert,
wenn man dir dazu gratuliert.
Doch lässt mich dieses völlig kalt.
Du wirst heut tausend Jahre alt!

So nimm entgegen meinen Gruß
und hier auch den Geburtstagskuss.“
„Mein Dank“, sagt ganz gerührt der Baum.
„Nicht mal in meinem schönsten Traum

hätt ich dies große Glück erdacht.
Dass ihr mir diese Ehre macht!
So lasst uns feiern, holde Frau.
Dort, in dem alten Füchsebau,

liegt schon seit Jahren gut versteckt
ein Fässchen Eichelschnaps. Der schmeckt!"
Natur lässt sich nicht lange bitten,
sie kennt die rauen Bäumesitten.

Die Gläser klirren und schon bald
singt, stark beschwipst, der ganze Wald.
Doch Gundula ist nicht zu schlagen,
erzählt von längst vergangnen Tagen:
„Graf Eberhardt traf stets daneben,
weil er sehr stark dem Wein ergeben.
Doch kriegte dieser dumme Hund
davon nichts mit. Im Hintergrund

Da schoss sein Diener auf das Wild.
Der hat so manchen Hirsch gekillt.
Ja, dieser Graf war schon ein Schütze!
Ein Tannenzweig an seiner Mütze

zeigte der Welt den Jägersmann,
worüber ich nur lachen kann.
Und nächtens hing der Depp am Munde
des schönen Fräulein Kunigunde.

Ob er im Bette besser traf,
bleibt das Geheimnis des Herrn Graf.
Auch heute gibt es solche Affen.
Nur schießen die mit andern Waffen.

Die Zeiten haben sich gedreht,
doch Menschheit nicht, denn sie versteht
rein gar nichts vom geheimen Schweben
und unergründlichen Verweben
der Geisterschar von Frau Natur.

Will bloß ergründen, nichts mehr pur.
Geheimnis muss der Mensch enträtseln
und bäckt dabei ganz kleine Brezeln.

Lacht über jede Art Magie
und pflanzt sich fort mit Onanie.

Ach, diese Toren! Wenn die wüssten,
dass an den hohen steilen Küsten,
wo Wahrheit, wie sie meinen, sitzt,
doch immer nur ein Irrlicht blitzt.
Herrje, hab mich vergaloppiert!
Nein jetzt wird nicht philosophiert.
Ach, heut gibt's keine grauen Haare.
Ein Prost, auf noch mal tausend Jahre!"

So feiert man die ganze Nacht,
beim Spaß, den unsre Eiche macht.
Doch irgendwann muss Ruhe sein.
Die Bäume schlafen langsam ein.

Natur bleibt da, im Vogelnest.
Gundula schwärmt: „Das war ein Fest!"
Die holde Frau gähnt müd: „Na klar,
das machen wir jetzt jedes Jahr."

Der Mond knipst die Laterne aus.
Es schlafen Baum und Reh und Maus."

„Schön", sagt Else, „dat du dir dat allet so merken kannst." Sie weiß, was Betty erwartet. Aber das Gedicht ist wirklich schön. „Wie Karoline bloß up sowat allet gekommen is!"

Im Holunder klappert es wieder. Ach, ja Karoline. Else wird bewusst, wie wenig sie ihre Schwiegermutter doch eigentlich gekannt hatte und wie ähnlich Karl ihr ist. Rein äußerlich betrachtet, hatte man keine Ähnlichkeit feststellen können. Vielleicht früher einmal, aber im Alter waren diese

Spuren verblasst und Karoline zu einer schönen Greisin gereift. Ja, gereift, nicht etwa geschrumpft. Schrumpfen taten jene, die sich ächzend und jammernd durch ihre letzten Jahre schleppten und den alten Zeiten nachtrauerten. Für Karoline war so etwas nie in Frage gekommen. Klein und zierlich war sie gewesen, mit schneeweißen, krausen Haaren, die sie jeden Morgen und Abend mit einer dicken drahtborstenbesetzten Haarbürste gepflegt hatte. Genau hundert Bürstenstriche umfasst die Prozedur. Das durchblutet die Kopfhaut und hält das Haar glänzend und gesund. Kaffee war ihr Lebenselixier gewesen, hin und wieder auch mal eine Zigarre dazu, die sie sich von Karl erbat. Die meiste Zeit des Tages hatte sie in ihrem Zimmer verbracht, das bis unter die Decke mit Büchern vollgestopft war.

Kater Gottfried war dabei ihr bevorzugter Gesellschafter gewesen. Gottfried war ein Hüne von Kater. In seinem riesigen, kofferförmigen Kopf wachten zwei kullerrunde Augen über alles, was sich mit mehr als zwei Km/h fortbewegte. Gelb waren diese Augen, fast bernsteinfarben. Man konnte sich durch zu langes Hineinstarren in ihnen verlieren. Sie hatten hypnotische Wirkung und übten eine trichterförmige Sogwirkung aus, der man sich möglichst rechtzeitig entzog, denn hinter das Geheimnis seiner sichelförmigen Pupillen zu schauen, konnte Unglück bringen. So gefährliche Dinge hatte nur Karoline tun dürfen. Gottfried war schwarz wie ein angebrannter Braten. Die Langsamkeit seiner Bewegungen, mit denen er sich durch die Tage schlich, waren ein geschicktes Täuschungsmanöver. Er war wie eine Feder, die sich ganz allmählich spannte und bei der kleinsten Erschütterung wie ein Raketengeschoss davonzog. Gottfried, der Schrecken aller Ratten und Mäuse, war ein erbarmungsloser Jäger und stellte das Wild noch im raffiniertesten Versteck. Nachdem er seine Beute erlegt hatte, ließ er sie liegen und schleppte sie nicht etwa ins Haus, um gelobt zu werden. Derlei profane Dinge hatte Gottfried nicht nötig. Die Folge davon war, dass Betty, die von seinen Jagderfolgen nichts mitbekam, ihn als faulen unnützen Fresser bezeichnete. Betty hatte ohnehin für Katzen nicht viel übrig.

Doch Ablehnung scheint auf diese Tiere eine magnetische Wirkung auszuüben. Überall, wo Gottfried auf Betty traf, versuchte er sie mit seinen Umgarnungsversuchen für sich einzunehmen, strich um ihre Beine, drückte sich an sie mit hocherhobenem Schwanz und stand ihr beständig im Weg, den er erst nach einem gehörigen Fußtritt räumte. Wenn er Betty irgendwo sitzend antraf, sprang Gottfried sofort auf ihren Schoß, obwohl er schon an die hundert Mal von dort heruntergeschleudert worden war.

Nach Karolines Tod war Gottfried lange im Haus umhergeirrt und hatte nach seiner Herrin gesucht. Nächtelang lag er mautzend vor ihrer Zimmertür, die sich für ihn nicht mehr öffnete, und hinterließ verzweifelte Kratzspuren auf dem alten Holz. Eines Nachts hatte sich Bettys Tür geöffnet. Seither residierte er in ihrem Zimmer und schlief sogar im Bett, aber nur am Fußende.

Die Putzerei geht gut voran, die Frauen haben die letzten Kleinteile in Arbeit. Betty fischt gerade ein seltsames Ding aus der Kiste, für dessen Verwendung sie keine Erklärung hat.

„Was denn dat für ’ne komische Blechbüchs?“ Sie schiebt das Teil auf ihre Faust, die gerade hineinpasst und versetzt der Luft einen linken Haken.

„Nee“, lacht Else, „dafür is dat nich. Dat is ’n Eierwärmer.“

„Wie, Eierwärmer?“

„Na sun Sackschutz. Du weißt schon.“ Betty begreift und reißt die Blechbüchse von ihrer Faust. „Uuaaahh, is dat eklich!“

„Na, nu heff di ma nich so“, sagt Else und bearbeitet das wichtige Teil höchstpersönlich mit Elsterglanz und Putzlappen. Als Karl vom Hof kommt ist die Arbeit erledigt. Die Ritterrüstung hängt blinkend und ausgehfertig auf einem eigens dafür angefertigten Ständer.

„Na, denn kann’t ja losgehn“, sagt Karl und grinst.

„Willst denn den Frack uck noch mal anpassen?“ Else steckt das bewegliche Visier auf und ist sicher, dass sie in dem Ding Platzangst bekommen würde.

„Nö“, sagt Karl, „dat gute Stück wird ja wohl nich eingelaufen sein.“

Das Abendessen wird an diesem Tag vor dem Tag im Wohnzimmer eingenommen und Karl bekommt, sozusagen als Aperitif, einen doppelten Körnerschnaps. Das gefällt ihm. Die Familie ist komplett um den großen Stubentisch versammelt.

Seit der aufregenden Geburt ihrer Tochter wohnt Rose mit im Haus und ist inzwischen auch mit Hannes verheiratet. Und so kommt es, dass wieder eine Karoline Lewin mit am Tisch sitzt, die von sich selbst allerdings nur als Karo spricht, weil man mit drei Jahren doch noch sehr zum Abkürzen neigt. Karo ist Opas Liebling. Sie sitzt auf seinem Schoß und verputzt fetten Speck, den Karl ihr in dünnen Portionen abschabt. Seit Karo laufen kann, beginnt sie Karolines Rolle zu übernehmen. Nachdem Else sie von einer Kuh heruntergeholt hatte, auf die sie weiß Gott wie heraufgeklettert war, wird das Kind während des Melkens mit einer langen Wäscheleine, die ihm einen Bewegungsradius von vier Metern ermöglicht, auf dem Hof festgebunden. Karo hat blonde Haare, die sich am Ende zu einem Lockenkranz zusammenrollen.

„Krause Haare, krauser Sinn", sagt Karl und tippt an ihre Ohren, die eine gewisse Ähnlichkeit mit den typischen Lewinohren aufweisen. Zum Glück ist diese Ähnlichkeit aber nicht ganz ausgeprägt, außerdem kann ein Mädchen ja die Haare drüber wachsen lassen.

An diesem Abend will keine rechte Erzählstimmung aufkommen. Da ist es besser früh ins Bett zu gehen. Und morgens gut ausgeschlafen zu sein ist schließlich auch was wert, überhaupt für Karl.

In der Dorfkneipe wird es um diese Zeit erst richtig turbulent. Es ist proppenvoll und die Stimmung schon so weit fortgeschritten, dass Wirt Kackerfrack beginnt den Klaren mit Wasser zu verpanschen, sodass ein edler Verschnitt entsteht. Ballmann schmeißt schon die vierte Saalrunde und prostet auf seinen morgigen Sieg, der ganz ohne Frage schon jetzt feststeht. Schließlich ist man ja nicht dumm und überlässt nichts dem Zufall. Kielschweins dolle Idee wird Karl Lewin vom Gaul stürzen, ohne dass er, Ballmann, auch nur zu furzen braucht. Dieser Kielschwein ist schon ein krummer Hund, aber sehr brauchbar. So ganz astrein ist die Sache, die sie sich ausbaldowert haben, natürlich nicht. Aber dem Sozialismus zum Siege zu verhelfen erfordert manchmal auch ungewöhnliche Mittel. Und außerdem ist Rache Blutwurst. Die Blamage, die ihm, Ballmann, durch Karl Lewin widerfahren war, Kielschweins ausgekugelter Arm und der zerstörte Chapeau claque mussten gesühnt werden. Alles war bis ins kleinste Detail geplant, und eigentlich konnte nichts schief gehen.

Die Sache war ziemlich einfach, aber auf so etwas musste man erst mal kommen. Solche Hinterhältigkeiten konnte sich nur Kielschwein ausdenken. Und es war auch nicht einfach gewesen in der Gegend eine rossige Stute aufzutreiben. Bis in die Kreisstadt mussten sie sich durchfragen und schließlich noch hundert Mark dafür hinblättern. Jetzt stand die Stute in Kielschweins Stall und wartete auf ihren morgigen Auftritt. Kielschwein wollte sie selbst reiten. Ganz unverhofft wollte er auftauchen, sozusagen aus dem Hinterhalt. Karls Gaul würde so verrückt spielen, dass Karl einfach abstürzen musste. Hengste waren einfach nicht mehr zu regieren, wenn sie irgendwo eine rossige Stute witterten.

Ballmann lehnt sich entspannt zurück, er ist glücklich. Dieser Zustand manifestiert sich in seinem Hirn als Schwarzwälder Kirschtorte, seiner Spezialität. Die konnte keiner so backen wie er. Aber nach dem Krieg gab's nix mehr zum Backen. Also hatte er aufs Dorf geheiratet und war Bauer geworden. Und jetzt hat er es sogar bis zum LPG-Vorsitzenden gebracht.

Das Schwarzwälder-Kirschtorten-Gefühl breitet sich aus und krabbelt bis in die Zehenspitzen. Ballmann träumt von einem Wartburg 311. Er am Steuer und neben ihm Berndchen, der seinen Papa stolz beobachtet, wie der die Gänge ganz gefühlvoll einlegt und ordentlich Gas gibt. Auf der Rückbank seine Frau Ilse und die kleine Marita, so wie es sich gehörte. Dabei wird sein Tortengefühl beim Blick in den Rückspiegel ein wenig getrübt. Er zuckt erschrocken zusammen und sieht schnell wieder auf die Straße. Ilse und Marita sehen sich so ähnlich, dass es einen gruselt. Obwohl Marita erst fünf ist, hat sie schon die gleiche schrille Stimme wie ihre Mutter. Wie der Klang einer aus voller Kraft geblasenen Trillerpfeife schraubt sie sich ins Hirn und gefriert jegliche Widerspruchsversuche zu Eiswürfeln. Die dünne, spitze Nase richtet sich auf einen wie ein nackter Zeigefinger und das wütende Schnaufen, das den Nasenlöchern entfahren konnte, versetze, wenn es auf ein Hindernis traf, beim Rückschlag ihre dünnen, aschblonden Haare in nervöse Flatterbewegungen. Ballmann schaut wieder in den Rückspiegel und sieht, dass sich Ilses Mund öffnet. Gleich wird sie ihn wieder kritisieren.

„He, Chef! Schmeißt du noch 'ne Lage?!"

Ballmann wacht auf. Kielschwein hat ihn gerettet. Zwar nutzt der seine Dankbarkeit ganz schön aus, aber das ist es Ballmann wert.

Kielschwein weiß das und will seine Idee mit der rossigen Stute ordentlich ausnutzen. Er trägt einen langen, breiten Schnurrbart auf der Oberlippe. Vollkommen unmodern das Ding, aber er kann es nicht abrasieren, weil die Gefahr besteht, dass darunter etwas ist, was nicht sein darf. Dieses verräterische Etwas hätte ihn nach dem Krieg fast das Leben gekostet. Ein weißes Quadrat prangte dort, wo der geliebte Führerschnauzer gesessen hatte, den er beim Einmarsch der Russen abrasiert hatte. Die Russen hatten mit solchen wie ihm nicht lange gefackelt. Braune Schuhcreme hatte das Corpus Delicti notdürftig abgedeckt, bis ein größerer Nachfolger gewachsen war.

Ballmann hat eine neue Lage bestellt und lässt den Doppelten verschwinden. Sein Magengefühl sagt ihm längst , dass es Zeit ist nach Hause zu gehen, aber er kommt nicht hoch. Da springt die Tür auf und Schlappen-Schulze kommt herein. Mit dem Akkordeon auf dem Bauch beginnt er sofort zu trällern. Bei der Stimmungslage kommt das jetzt bei allen prima an. Nur nicht bei Ballmann. Schlappen-Schulzes Trillerpfeifenstimme bohrt sich in seine Eingeweide und bringt seinen Mageninhalt in Wallung. Er springt auf und verlässt im Laufschritt die Lokalität.

Nachdem sich Ballmann entleert hat, taumelt er nach Hause. In diesem Zustand macht er erst gar nicht den Versuch in sein Bett zu gelangen und begibt sich gleich in die Scheune auf sein Heulager.

Als Ilse Ballmann am Morgen des ersten Mai erwacht und das unbenutzte Bett ihres Mannes sieht, weiß sie, dass Ballmann mal wieder versackt ist und in der Scheune schnarcht. Dabei ist Ballmann eigentlich kein Säufer, er kann nur nicht viel vertragen. Normalerweise ist jetzt eine Lektion mit dem Teppichklopfer fällig, aber heute will Ilse ihren Mann schonen, angesichts der schweren Aufgabe, welcher er sich noch stellen muss.

Ilse steigt aus dem Bett und geht in die Küche, um ihre morgendliche Katzenwäsche zu verrichten. Als sie wieder ins Schlafzimmer kommt und sich vor die Frisierkommode setzt, zuckt sie beim Blick in den Spiegel zusammen. Ärgerlich klappt sie die Seitenflügel des Spiegels ganz weit auseinander, um von dem Anblick ihres Profils verschont zu bleiben. Wahrscheinlich hatte Marita wieder daran herumgespielt.

Im Gegensatz zu Ilse betrachtete sich das Kind gerne im Profil. Sie fand es lustig, wie ein Vogel auszusehen und trieb ihre Kammerspiele manchmal soweit, dass sie bei den Selbstbetrachtungen „Alle Vögel sind schon da“ sang und die Vogelnamen durch ihren eigenen und den ihrer Mutter ersetzte. Ilse fand das schrecklich. Als wäre sie mit ihrer Nase nicht schon gestraft genug, musste sie auch noch ständig daran erinnert werden. Was hatte sie nicht schon alles versucht um das Ding zu entschärfen. Nächtelang war Ilse mit einer stramm gebundenen Binde, welche die Nase breit quetschte und ziemlich schmerzhaft war, ins Bett gegangen. Die Nase wurde dadurch zwar breiter, weil sie anschwoll, aber die Wirkung war nach wenigen Stunden verpufft. Es war einfach zu schmerzhaft diese Tortur auf die Dauer auszuhalten. Außerdem war ihr Liebesleben dabei auf der Strekke geblieben, weil Ballmann bei ihrem mumienhaften Anblick einfach keinen mehr hochkriegte. Und das war ihr die Sache dann doch nicht wert.

Ilse geht in die Küche, bereitet das Frühstück vor und setzt Kaffeewasser auf. Es ist halb neun, höchste Zeit Ballmann zu wecken und auf den Kampf vorzubereiten. Draußen ist es ziemlich frisch. Das Scheunentor steht offen. Kielschwein ist Ilse zuvorgekommen, er kniet neben Ballmann im Heu und versucht ihn wachzurütteln. Ilse kann Kielschwein nicht ausstehen und nennt ihn einen verschlagenen Köter. Seine glimmenden Augen und der riesige Schnurrbart, der wie ein ausgefranster Handfeger unter seiner Nase hing, sind ihr widerwärtig. Am liebsten würde Ilse ihn vom Hof jagen, aber es sieht ganz so aus, als wenn sie seine Hilfe brauchen könnte.

Ballmann öffnet die Augen, er stöhnt und reibt sich die Schläfen.

„Oh Gott, oh Gott, mir platzt die Omme. Ilschen, mir is ja so schlecht."

„Ausgerechnet heute", meckert Ilse.

„Wieso, wat is denn heute? Ach Gott, stimmt ja. Nee, daraus wird nüscht. Dat müssen wir verschieben."

„Geht nich", sagt Kielschwein.

„Aber ick komm in dem Zustand gar nich auf Ruppert rauf."

„Irgendwie kriegen wir das schon hin", sagt Ilse. „Nu komm erst mal hoch."

Als Ballmann endlich schwankend auf seinen stämmigen Beinen steht, schiebt Ilse ihn zur Pumpe auf dem Hof.

„Kopf unter!" Ballmann gehorcht, Ilse setzt den Schwengel in Bewegung. Das eisige Brunnenwasser lässt Ballmanns Kopf schrumpfen und presst ihn zusammen wie ein Schraubstock. Aber es hilft.

„'n bisschen besser is schon, Mäuschen", sagt Ballmann, als Ilse endlich nachlässt. Er ist quaddernass und zittert vor Kälte.

„So, und jetzt ab ins Haus, abtrocknen, umziehn, frühstücken!"

Inzwischen holt Kielschwein Ruppert aus dem Stall. Der schnuppert neugierig an ihm herum. Aber ansonsten regt ihn der Geruch der rossigen Stute, den Kielschwein an den Sachen hat, nicht weiter auf. Als Wallach ist Ruppert vor den Verlokkungen weiblicher Sexualduftstoffe gefeit. Er ist ein gutmütiger, starker Fuchs, mit einem Milchmaul und großer Blesse auf der Stirn, ein schweres, großes Warmblutpferd mit großen, lebhaften Augen und weiten Nüstern. Sein dunkelbraunes Fell schimmert wie Samt, in der Morgensonne. Nachdem Kielschwein ihn gestriegelt und gesattelt hat, bekommt er seinen Hafer. Ruppert ist zufrieden.

Endlich erscheint Ballmann in der Haustür, sichtlich gesünder als vorher, aber immer noch etwas staksig. Er trägt einen Jogginganzug und karierte Filzlatschen und schlurft in die Sattelkammer, in welcher sich seine Ritterrüstung befindet. Ballmann nimmt Aufstellung und lässt sich wie eine Ankleidepuppe von Ilse und Kielschwein zurechtmachen. Er bekommt eine Lage nach der anderen aufgepackt und kann sich kaum noch rühren. Das Kettenhemd mit Kapuze und Hose ist eine Schutzhaut aus Ringgeflecht und würde, wenn es nach ihm ginge, eigentlich vollkommen ausreichen, weil der darüber geschnallte Brustpanzer ihm wahrhaft wie ein Panzer auf der Brust liegt.

Aber weiter geht's, Ilse ist unerbittlich. Schließlich soll Ballmann sich nicht verletzten. Brust- und Rückenplatten aus gewölbtem Blech werden aufgesetzt und mit Schnallen verbunden. Ein Halsschutz aus Kettengeflecht, Schienen und Kacheln für Glieder und Gelenke, auch lederne Handschuhe mit Eisenteilen und Stulpen vervollständigen die Verkleidung. Die schicken Filzlatschen werden durch kurze, stumpf-breite Eisenschuhe, sogenannte Bärenfüße, ersetzt. Und noch mal oben drüber der Waffenrock, ein Obergewand in den Farben gelb und grün, mit schönen Ornamenten bestickt.

Ballmann schwitzt. Dabei hat er das Beste noch gar nicht an. Jetzt kommt es. Ilse nimmt den feierlichen Abschluss der Prozedur persönlich vor und krönt ihren Mann mit einem Kübelhelm in konischer Form, der mit Sehschlitzen versehen ist. Ballmann sieht nichts mehr und fängt an zu jammern:

„Ilse, nimm mir den Topf wieder ab, ick krich keine Luft mehr."

Sein Kopf senkt sich unter dem Gewicht nach unten, sodass sich die langen, schöngeformten Büffelhörner aus Leder, die zur Zierde am Helm befestigt sind, bedrohlich gegen Ilse richten.

„Aber das geht nicht. Du musst dich dran gewöhnen, sonst kommst du beim Kampf gar nicht damit zurecht", sagt Ilse. Ballmann tut ihr Leid, aber nachgeben darf sie jetzt nicht, sonst wird er bockig, dann geht gar nichts mehr.

„Mensch, Ballmann du siehst toll aus", sagt Kielschwein und klopft mit den Fingerknöcheln auf den Brustpanzer, dabei zwinkert er Ilse zu und macht eine komische Grimasse. So weit kommt's noch, denkt Ilse, dass der mein Bärchen auch noch veräppelt! Sie sieht Kielschwein strafend an.

„Beim nächsten Mal quetschen wir dich in die Blechbüchse rein. Bin gespannt, ob du auch so toll aussiehst."

„Also, meine Idee war dieser ganze Zinnober nich, da musst du dich bei Krüger bedanken."

„Ja, ja", sagt Ilse, „quatsch nicht so viel und hol die lange Stange und den Deckel von meinem Waschkessel aus der Ecke."

„Du meinst die Lanze und den Schild." „Ja, genau die mein ich, und trotzdem ist der Schild der Deckel von meinem Waschkessel." Ilse hatte sich nur widerstrebend dazu bereit erklärt, ihren Waschkesseldeckel zu einem Schild umfunktionieren zu lassen. Zwar war der jetzt schön bemalt, aber irgendwie passte dieses Outfit nicht zu seiner gewöhnlichen Funktion. Malermeister Schmidt hatte eine Seite mit dem Wappen der Fahne der Deutschen Demokratischen Republik verziert. Ein bisschen plump sah das Ganze zwar aus, aber es war riesengroß und man konnte erkennen, was es sein sollte. Der goldene Ährenkranz begrenzte den äußeren Deckelrand und bildete den Rahmen für einen sehr plastisch wirkenden Hammer, vor dem der Zirkel allerdings ein wenig zu klein geraten schien. Ilse war nicht ganz wohl dabei, wenn das erhabene Bildnis stundenlang mit den Kochwasserdämpfen ihrer schmutzigen Wäsche vollgepösert wurde, beruhigte sich jedoch damit, dass eine Fahne schließlich auch mal gewaschen werden müsste.

Die Außenseite des Deckels, da wo sich der Griff befand, hatte Schmidt mit roten Ziegelsteinen verziert, so dass es aussah, als wäre sie gemauert und dem Schildträger eine schier unüberwindbare Festigkeit vermittelte.

Ilse schiebt Ballmann vorsichtig nach draußen. Der hat zu tun, nicht über seine Bärentatzen zu stolpern und ist froh, wenn er ab und zu mal einen freien Ausblick durch seine Guckschlitze erhaschen kann. Wenn er an Krüger denkt, überkommen ihn Mordgelüste. Beim Anblick seines Herrn beginnt Ruppert beunruhigt zu schnaufen und ruckt an der Leine, als wollte er fliehen. Ballmann hat es durch den linken Schlitz gesehen und versucht ihm beruhigend zuzureden. Aber davon wird Ruppert noch nervöser, die Geräusche aus der Konservendose klingen ihm wie Donnerhall in den empfindlichen Ohren.

„Nimm mir den Pott ab“, befiehlt jetzt Ballmann, in ungewohnt scharfem Ton. Als Ruppert das vertraute Mondgesicht seines Herrn erkennt, wird er ruhiger und lässt ihn an sich heran. Aber wie soll Ballmann da jetzt heraufkommen? Kielschwein holt eine Trittleiter, aber schon das Erklimmen der ersten Stufe ist mit den steifen Eisenbeinen eine unlösbare Aufgabe.

Na gut, dann eben anders. Ein Bein Ilse, ein Bein Kielschwein, und dann hochgehievt den Koloss von Rhodos. Aber auch diese Idee erweist sich als Flop. Ballmanns pures Lebendgewicht hat es schon in sich, und mit all dem Blechzeug an ihm dran ist er doppelt so schwer. So, und nu? Die Uhr ist dreiviertel zehn.

„Da“, ruft Ilse und zeigt auf eine Seilwinde am Haus. Die Seilwinde befindet sich im Obergeschoss und ist direkt über einem Türchen angebracht, durch das früher die Kornsäcke auf den Boden gelangten. Kielschwein begreift und holt ein Seil. Er steigt auf eine Leiter und legt es über die Seilwinde. Das eine Ende bindet Ilse um Ballmanns Bauch. Am anderen Ende zieht Kielschwein Ballmann nach oben. Ballmann befindet sich jetzt in zwei Metern Höhe. Hoffentlich hält das Gestell, an dem er hängt. Gut, dass Kielschwein schon ein kräftiges Frühstück im Magen hat. Die Spiegeleier-mit-Speck-Energie verteilt sich gleichmäßig in seiner Armmuskulatur. Den Rest liefert die Wut über den kaputten Zylinderhut seines Uropas.

Ilse führt Ruppert jetzt direkt unter Ballmann.

„Hiev ab“, befiehlt sie Kielschwein, „aber langsam.“ Kielschwein wächst über sich hinaus. Zentimeter um Zentimeter schwebt die Last herab und kommt endlich auf Rupperts breitem Rücken zum Sitzen.

„Gott sei Dank“, stöhnt Ilse, holt die Trittleiter heran und steigt in Ballmanns Augenhöhe herauf. Sie guckt durch den rechten Sehschlitz in seinen Helm und sieht, dass er ganz grün im Gesicht ist.

„Machs gut, Bärchen, lass dich nicht unterkriegen“, sagt sie und pustet durch den Schlitz. Kielschwein klemmt Ballmann die

Lanze unter den Arm und verhakt seine Finger im Griff des Waschkesseldeckels. Dann nimmt er Ruppert am Zügel und führt ihn vom Hof, haut ihm eins Hintendrauf und verschwindet, um die Geheimwaffe, die rossige Stute, zu holen. Ruppert weiß, was zu tun ist. Mehrmals musste er die Strecke in den letzten Tagen gehen, auf dem Rücken drei Sack Korn, um Ballmanns Gewicht zu simulieren. Er biegt links ab, nach hundert Metern noch einmal links, und erreicht die alte Dorfstrasse. Bestes Kopfsteinpflaster lässt seine eisenbeschlagenen Hufe klappern und bringt ihn ordentlich in Wallung. Aber schon an der ersten alten Linde am Straßenrand muss er stehen bleiben, so wie er es gelernt hat.

Die Dorfstraße ist dreihundert Meter lang. Am anderen Ende soll Karl Lewin Aufstellung nehmen, aber der ist noch nicht da. Vielleicht, denkt Ballmann, hat er ja Angst gekriegt und kommt erst gar nicht. Dafür kommt Kielschwein auf der geborgten Stute angetrabt und postiert sich an der Straßenmitte, da wo die Kämpfer voraussichtlich zusammentreffen müssen.

Der Bürgersteig ist voller Menschen, einige Dorfjungens sind sogar in die Bäume geklettert. Endlich kommen die Vorstandsmitglieder, Krüger an der Spitze.

„Morgen, Chef! Bist du da drin?“ Er klopft an Ballmanns blechernes Bein und bekommt dafür eins mit dem Bärenfuß vor die Brust. „Also Chef, toi, toi, toi. Streng dich an, ich hab sogar die Zeitungsfritzen herbestellt.“

„Dat kriegst du fertig“, stöhnt Ballmann aus dem Blech. „Is schon komisch mit ein’ zu sprechen, den man gar nich sieht“, staunt Arthur Gurke. Ballmanns Bärenfuß verfehlt ihn um Haaresbreite. Auf dem Bürgersteig wird das Geschubse und Gedränge immer ärger. Die Familien sind fast vollzählig versammelt. Solch ein Ereignis erlebt man nicht alle Tage. Doch nun wird es langsam Zeit, dass das Ereignis sich ereignet.

Die kühle Morgenluft macht die Warterei nicht besonders angenehm. Erna Gurke hat ein vorzügliches Mittel gegen kalte Füße dabei. Sie ist heute spendabel und lässt die Flasche kreisen. Piek Ass setzt mit einem wehmütigen Seufzer die Flasche mit dem Kartoffelschnaps an die Lippen und schließt beim Schlukken die Augen, in ehrendem Gedenken. Er gibt Erna die Flasche zurück. Erna nimmt einen Hieb und gibt sie weiter, an den am nächsten Stehenden. Der kleine Michael mit der ständigen Schnoddernase kann sein Glück gar nicht fassen und lässt, nachdem er erst mal prüfend in das Flaschenloch gerochen hat, gleich mal was reinfallen. Leider ist er nicht schnell genug. Bevor die Mixtur in seinem Rachen landet, hat Elviera die Schweinerei entdeckt und haut dem Jungen geistesgegenwärtig die Flasche aus der Hand, die mit einem dumpfen Knall auf dem Bürgersteig zerspringt. Erna ist außer sich.

„Du olle Schlampe, so was Bleedes. Den Schnaps bezahlst du mir." Das Wort Schlampe mag Elviera gar nicht gern. Sie muss sich revanchieren und nennt Erna eine verdammte alte Saufkuh. Das kann Erna nicht auf sich sitzen lassen und demonstriert, dass sie noch jede Menge Steigerungsformen für das Wort Schlampe kennt. Aber Elviera ist auch nicht aufs Maul gefallen und gibt Erna kräftig Bescheid. Immer lauter und hitziger wird das Wortduell.

Die Volksmenge ist froh, dass endlich etwas abgeht und drängt sich um die keifenden Weiber. Dann passiert es, Erna geht zu weit und nennt Elviera „geile Punze".

Also nee, Erna, so nich! Elviera nimmt Maß und verpasst dem Gurkenferkel einen mordsmäßigen linken Haken. Erna kullert auf die Straße. Elviera setzt nach, jetzt kullern beide über den Boden. Wo soll das hinführen? Das weiß keiner, und es will auch keiner wissen. Denn in diesem Moment ertönt das „Halali" eines Jagdhorns. Niemand hatte in dem allgemeinen Tumult mitbekommen, dass der, auf den sie alle warteten, eingetroffen war.

Eilig kehrt Krüger das Volk von der Straße. Dann entrollt er eine rote Fahne und schwenkt sie über seinem Kopf. Das ist das vereinbarte Zeichen, die Kontrahenten setzen sich in Bewegung. Ganz gemächlich trotten sie aufeinander zu, erst fünfzig Meter vor dem Ziel ist ein schärferer Anritt geplant. Erstmal ist Schaulaufen angesagt.

Ruppert scheint zu spüren, welche Qual sein Reiter erleidet und bewegt sich äußerst vorsichtig über das holprige Pflaster, jede Vorwärtsbewegung mit einem sanften Kopfnicken begleitend. Das rhythmische Klappern der Hufe klingt Ballmann wie Trommelwirbel in den Ohren. Ihm ist, als würde er zu seiner Hinrichtung geführt. Ein eisiger Wind pfeift durch seine Gucklöcher und treibt ihm die Tränen in die Augen. Gerade noch so kann er die Fünfzigmeter-Markierung erkennen.

Jetzt geht's los, Ballmann presst die Oberschenkel an, Ruppert geht in gestreckten Galopp über. Ballmann versucht Karl zu entdecken und erhascht einen Blick auf dessen Schild, auf das ein riesiger, bunter Hahn gemalt ist. Immer schneller nähert sich der Hahn. Eigentlich könnte Karl jetzt langsam vom Pferd fallen, denkt Ballmann und versucht durch eine leichte Drehung eine andere Perspektive zu bekommen. Es klappt. Ballmann hat jetzt freie Sicht und kann durch seine Camera obscura sehen, dass der Gegner nur noch wenige Meter entfernt ist. Er sieht Karls Gesicht, der grinst und klappt das Visier seines Helms runter. Warum fällt der nicht endlich, warum spielt der Gaul nicht verrückt. Ist die Stute vielleicht doch nicht rossig?

Ballmann ist verzweifelt. Dann erwischt er einen Seitenblick auf Kielschwein. Der fällt gerade von der Stute, die sich wie wild gebärdet und fast senkrecht auf den Hinterbeinen steht. Was ist los? Da taucht Karl wieder auf, das Gesicht hinter der Hundsgugel verborgen. Ein grausiger Anblick. Noch grausiger ist das, worauf Karl sitzt. Ballmann gerät immer mehr aus der Fassung. Zwei riesige, gefleckte Köpfe jagen auf ihn zu, sie dampfen und brüllen und richten ihre langen, spitzen Hörner auf ihn. Das ist zu viel für Ballmann, er schnappt über.

„Ich bin klein, mein Herz ist rein. Soll niemand drin wohnen als Jesus allein“, schreit er und richtet seine Lanze auf den Gegner. Bevor Ballmann „Amen“ sagen kann, kracht ein wuchtiger Stoß auf den Hammer seines Waschkesseldeckels. Ballmann kippt vorne über. Wie ein nasser Sack hängt er auf Ruppert, aber er ist noch drauf.

Die Kämpfer begeben sich wieder an die Fünfzigmeter-Marken. Ballmann bietet ein jammervolles Bild. Aber auf ihn achtet jetzt sowieso keiner. Es gibt nur noch Karl Lewin und sein ungeheuerliches Reittier.

Karl freut sich, als er die entsetzten Gesichter der Leute sieht. Gerade macht sich die rossige Stute aus dem Staub. Mit erhobenem Schwanz und lokomotivartigen Schnaufgeräuschen jagt sie die Dorfstraße hinunter und schleift Kielschwein, der mit einem Fuß im Steigbügel festhängt, hinter sich her. Der Anblick des Ungeheuers war zuviel für ihr strapaziertes Gemüt.

Für Doppelkopp ist der Anblick einer so großen Menschenmenge etwas völlig Neues. Doch scheint der Trieb des Herdentieres, vor dem Unbekannten die Flucht zu ergreifen, bei ihm völlig erloschen zu sein. Groß und massig steht er da an der Fünfzigmeter-Markierung und schaut neugierig auf die zappelnde und plappernde Masse am Straßenrand. Kraft seiner Zweiköpfigkeit ist er in der Lage dem unbekannten Wesen aus Menschenleibern nichts weiter als pure Neugier entgegenzubringen. Doppelkopp weiß, wie er aussieht, kann sich ansehen ohne in den Spiegel zu sehen. Doppelkopp kann sich in die Augen sehen und seine Gedanken und Gefühle untereinander austauschen, sozusagen von Kopf zu Kopf. Doppelkopp ist immer zwei in einem. Wovor sollte der sich fürchten?

Sein linker Kopf ist mit allen Attributen der Weiblichkeit ausgestattet; mittellang, mittelbreit, trocken und sehr edel, ist er die perfekte Ergänzung zu seinem rechten Nachbarn, der kürzer und gedrungener wirkt und mit seinem breiten Flotzmaul männliche Großmäuligkeit versinnbildlicht. Auch der Körperbau des Bullen macht einen ausgesprochen männlichen Eindruck, sehr robust, aber nicht grob, mit einer wuchtigen Vorhand, die durch ihre breite tiefe Brust beeindruckt. Rücken- und Lendenpartie sind ausladend und fest, das Becken ohne große Polster auf den Darmbeinen, die kräftige, tiefe Keulenmuskulatur reicht bis zum Sprunggelenk herab. Seine Klauen sind glatt und hart, starkwandig und abgerundet mit geschlossenen Spalten. Der kräftige Schwanz endet in einer weichen, seidenglänzenden Quaste. Doppelkopp ist viel größer als Ruppert und wirkt mit seinen tausend Kilo Lebendgewicht fast übermächtig gegen ihn. Ruppert schaut dem weiblichen Kopf in die Augen.

„Brauchst keine Angst haben“, signalisiert der, „ich tu dir nix.“

„Aber nur, wenn du dich benimmst“, signalisiert sein Nachbar und stößt eine kleine, heiße Gaswolke aus den mächtigen Nasenlöchern. Ruppert scharrt mit den Vorderfüßen und wackelt mit dem Kopf, nicht bedrohlich, eher wie ein Faxenmacher der jemanden zum lachen bringen will. Als er den Schenkeldruck seines Herrn spürt, ist er sofort wieder Ruppert und prescht los.

Ballmann hat sich entschlossen sein Fell so teuer wie möglich zu verkaufen. Er weiß jetzt, dass von außen keine Hilfe mehr zu erwarten ist, versucht seine eigenen Kräfte zu mobilisieren und stellt überrascht fest, dass er etwas kann. Krachend fährt seine Lanze auf den bunten Hahn seines Gegners und zersplittert. Aber auch Karls Lanze gibt bei der Kollision mit Frau Ballmanns Waschkesseldeckel den Geist auf. Leicht wankend versucht er sein Gleichgewicht wieder herzustellen und begibt sich zur Fünfzigmeter-Markierung.

Jetzt wird gefochten. Dicke, kernige Knüppel aus Eichenholz ersetzen die Schwerter. Die Gegner jagen aufeinander los und donnern sich gegenseitig auf den Schild. Wer hier nicht schnell genug pariert, ist verloren. In schneller Folge prasseln die Schläge donnernd auf die Schilde. Noch ist nicht abzusehen, wer hier den Sieg davon trägt. An Ballmanns Hammer blättert die Farbe, der Zirkel ist bereits ganz verschwunden und der linke Flügel von Karls schönem, buntem Hahn hat schon mehrere Federn eingebüßt.

Endlich macht sich Karls Ausgeschlafenheit bezahlt. Bei Ballmann lässt die Kondition nach, der Dauerdonner auf den Schild hat seinen Kopfschmerzkater wieder aufgeweckt. Ballmanns Deckung lässt nach und verrutscht so weit, dass Karls Knüppel eine Schneise findet. Krachend knallt er auf den Helm des LPG-Vorsitzenden, der sein Bewusstsein verliert und vom Pferd kippt.

Einige Meter entfernt steht Krüger. Er ist dabei ein Tischchen wegzuräumen, an dem Karl die Einverständniserklärung für seinen Eintritt in die Genossenschaft unterzeichnen sollte.

„Wat machst du denn da?“, schreit Karl, der inzwischen von Doppelkopp geklettert ist und im Seemannsgang auf ihn zugeht.

„Tja, Karl, das siehst du doch. Ich räum den Schreibkram weg, denn unterschreiben wist du nun wohl nicht."

„Wieso", sagt Karl, „ich denk der Sieger darf in die LPG eintreten. Und ich hab doch gewonnen. Nein, nein jetzt müsst ihr euer Versprechen auch halten und mich in euren Verein aufnehmen."

Einige, die schon im Begriff sind nach Hause zu gehen, drehen um und warten neugierig auf das, was jetzt kommt. Karl geht zu seiner Schwiegertochter Rose, die staunend am Straßenrand steht und ihre Tochter auf dem Arm hält. Er nimmt ihr das Kind ab und geht zum Tisch, wo sich immer mehr Neugierige versammeln. Auch Ballmann hat sich wieder aufgerappelt, er sitzt auf einem Stuhl und hat einen kalten Lappen auf dem Kopf.

„Hier", schreit Karl und streckt Karo hoch in die Luft, „das ist unsere Zukunft. Unsre Enkel sollen es mal leichter haben als wir. Wozu braucht man denn schon Besitz, mit so was woll'n wir unsere Nachkommen doch nicht belasten. Alle für einen, für den Staat. Und alle für die Genossenschaft. Denn die Frage, warum eine Glucke Glucke heißt, kann keiner beantworten. Heißt sie so, weil sie nicht wie die anderen Hühner gackert, sondern ‚gluck-gluck' macht, oder heißt sie Glucke, weil sie so lange auf ihren Eiern gluckt? Das weiß keiner. Ist ja auch egal. Wichtig ist nur, dass man sich immer den richtigen Bart wachsen lässt, so wie Kielschwein.

Als mein Vorfahre Blasius vor achthundert Jahren in dieses Land kam, da hatte er nichts außer dieser Rüstung und einem Kind. Schön abgeplagt hat er sich, Wald gerodet und Land urbar gemacht. Krumm geworden ist er dabei. Seine Nachkommen haben es schon leichter gehabt. Aber irgendwann kamen die Herren und haben gesagt: ‚Das gehört jetzt uns', und weg war der schöne Besitz. Und alle, die danach kamen, waren Knechte, Tagelöhner oder Landarbeiter, so wie wir das auch waren bis vor dem Krieg. Aber als die Bodenreform kam und wir alle Landbesitzer wurden, da waren wir plötzlich auch Herren. Freie Bauernherren mit Besitz und Stolz, die sich vor keinem krümmen brauchten und selbst entscheiden konnten, was auf den Acker kam. Bauernherren, die ihre eigenen Milchkühe im Stall hatten und nicht bloß ’ne lumpige Deputatskuh im Stall vom gnädigen Herrn, die manchmal nicht mal genug Milch gab, um die Kinder ne Suppe kochen zu können. Ja, Bauernherren, die sich sogar Pferde halten konnten, was früher nur den Herrschaften vorbehalten war. Aber wir woll’n ja gar keine Herren sein. Herren sind was schlechtes. Herren sind Ausbeuter. Und darum hab ich mich entschlossen wieder ein Knecht zu sein.“

Karl tritt an den Tisch, nimmt den Kugelschreiber und unterzeichnet seine Beitrittserklärung in die Genossenschaft.

Hinfallen is keine Schande, denkt Karl, nur liegen bleiben darf man nich. Manchmal muss man auf’m Kopf stehn, um die Welt auf die Füße zu stellen!

Karina Albrecht, geboren 1959 in Jarmen, wuchs in einer Großfamilie in Plötz, einem kleinen Dorf in Mecklenburg-Vorpommern zusammen mit drei jüngeren Geschwistern auf.
Nach Abschluß der 10. Klasse erlernte sie den Beruf Zootechniker/Mechanisator und arbeitete später als Tierarzthelfer, Tierpfleger, Melker und Futterökonom. 1986 absolvierte sie ein Fernstudium zum Agraringenieur.
Nach der Wende betrieb sie bis zur Geburt ihrer Tochter 1995 eine Gaststätte.
Sie lebt heute in dem Haus der Großeltern mit Tochter und Pflegetochter zusammen mit Hund, Katze, 2 Ziegen, einem Pferd und 20 Hühnern.
Derzeit arbeitet sie an der Fortsetzung des „Rosinenbaum".